당신의 행복이 궁금해요

Tell me about your happiness

당신의 행복이 궁금해요

Tell me about your happiness

당신은 언제 행복한가요?

———— 이현주 지음 ————

좋은땅

프롤로그

내 주변의 사람들에게 행복이란 무엇인지 물어봄으로써 다양한 행복에 대한 관점을 생가해 보고 싶었다. 행복을 언급하면서 인터뷰이와 인터뷰어 모두에게 그 감정이 전염될 수 있고 확장될 수 있을 것이라는 기대로.

사람들의 이야기를 통해 나 역시도 더 행복해질 수 있을 것 같았고 세상에는 다양한 행복이 있음을 보고 배울 수 있을 것 같았다.

아이부터 중장년층까지의 사람들이 이야기하는 행복을 공유하고, 다음 행복까지 이어지는 여정을 담아 독자들에게도 이 행복이 전해지길 바랐다.

인터뷰를 하면서 예상한 것보다 훨씬 더 행복의 확장은 컸고, 벅차서 눈물을 흘리기도 했다. 무엇보다 인터뷰이들과 더 깊게 연결되는 느낌이었다.

인상 깊었던 순간들을 직접 그림으로 그리면서, 그들의 행복한 순간들이 내 것이 되기도 했다. 이 책을 준비하며 제일 행복해진 사람은 나였다.

이제 더 커진 행복을 당신과 나누고 싶다. 이 책이 끝나기 전에, 책을 펼치기 전보다 조금 더 행복해진 당신이 되어 있다면 그걸로 충분하다.

내 눈앞에 흔히 있는

수많은 세잎클로버가

찾기 어려운 네잎클로버보다

귀하다는 걸 깨달을 때

그 순간부터 진짜 행복이 시작된다.

Contents

♣

모네 전시에서 오랜 꿈과
나를 찾은 행복

⟨Find my dream with Monet⟩, 2024

"야자수, 푸른색으로 가득한 하늘과 바다,
바라만 봐도 황홀하지만 주제를 잡으려 하면 고통스럽소.
이곳을 그리는 것은 정말 불가능하오."

꿈과 내 자신을 찾은 후 많아진 일상의 행복

내가 가장 행복했던 순간은 꿈을 찾고 나 자신을 찾은 순간이다.
이 순간을 기점으로 일상의 행복이 너무나도 많아졌다.

육아를 하면서 예전과는 깊이가 다르게 아이들과 행복했지만, 누군
가를 위해 존재하며 나 자체가 사라지는 느낌은 나를 힘들게 했다. 그
러면서 자기 계발을 하고 동기 부여를 하고 경제적 자유를 이뤄야겠다
는 생각에 사업을 시작했다. 하지만 이 모든 것은 내가 하고 싶은 것이

아니라 나를 찾기 위한 여러 시도였다.

　그러다 결국 사업도 접고 앞으로 난 뭘 해야 할지 고민하면서 집에 있는 물건들을 정리하고 대청소를 하기로 했다. 집의 물건들을 보니 내가 얼마나 주체적이지 못한 삶을 살았는지가 보였다. 내가 좋아서 들인 물건보다 남이 주거나 남들이 좋다고 해서 들인 물건들이었다. 그런 것들을 다 버리고 내가 좋아하는 것들과 정말 필요한 물건들 위주로 남겼다. 그러다 창고 구석에 있던 이젤과 캔버스, 물감들이 보였다. '아, 나 그림 그리고 싶었지.' 하면서 미술 도구들을 잘 보이는 곳에 두었다.

　2주에 걸친 대청소를 마치고 나서 좋아하는 모네 전시를 보러 갔다. 네 면의 벽 전체와 바닥까지 모네의 그림들이 보이는 그래픽 전시였다.

　모네가 이국적인 곳을 여행하면서 이전에 쓰지 않던 선명한 색으로 그려 낸 야자수가 있는 트로피컬 풍경이 보이는 순간. 온몸에 전율이 일었다. '바로 이거야. 내가 하고 싶었던 게 바로 이거였어.' 전 세계를 여행하면서 그림을 그리고, 거기서 피어난 이야기들과 우리 아이들에게 들려주고 싶었던 삶의 이야기를 담은 그림책을 만든다면, 이건 내가 원하는 모든 것을 합친 종합 선물 세트였다. 나의 꿈 종합 세트를 발견한 이후로 다시 그림을 그렸고, 이야기를 만들어 그림책을 만들고 전시를 했다.

대청소를 시작하기 전 멘토가 해 주신 나의 머리를 세게 때린 질문이 있었다.

"본인의 인생 안에 본인이 존재하는가?"

그 질문을 돌이켜 생각해 보니, 난 내가 원하는 것을 하는 인생보다 남들이 다 하는, 혹은 남들이 권하는, 내가 좋아하는 것이 아닌, 남들 눈에 좋아 보이는 것들을 좇고 있었다.

그 질문과 함께 집 청소는 내가 원하는 것과 원하지 않는 것들을 가려내는 시간이었다. 그 청소라는 과정에서 그림이라는 내가 좋아하는 것이 나왔고, 전시를 통해 여행하며 이야기를 만드는 것이라는 구체적인 꿈이 윤곽을 드러냈다. 드디어 오래전에 잃어버린 나를 되찾은 느낌이었다.

그 순간을 시작으로 내가 좋아하는 그림을 그리며 행복해졌고, 살아 있음을 느꼈다. 나의 그림들로 전시도 하고, 책도 만들며 사람들을 만나 소통했다. 이후로 일상에서 행복을 느끼는 순간들이 급격하게 늘었다.

나다운 삶을 살 때의 행복이 얼마나 큰지를 매 순간 느끼는 중이다.

나를 찾기 위해 해왔던 수많은 노력

'나'를 찾고 싶어서 부단히 노력했다. 아이들을 키우며 아이들은 너무 사랑스러웠지만, 나의 존재가 없어지는 느낌이 들었기 때문이다. 책을 읽고 강의를 듣고 자기 계발을 하며 모임들을 나가고, 커뮤니티에 함께하고, 독서 모임을 하고, 멘토들을 찾아다녔다. 하지만 모두 자신의 방법을 알려 줄 뿐 나에게 맞는 방법은 아니었다. 하나씩 다 따라 해 보면서 내 것이 아니라는 판단에, 다른 곳으로 또 다른 책과 멘토로 옮겨갔다.

새벽 기상을 하고, 운동을 하고, 명상하고 글을 쓰며, 나를 찾으려 했던 노력 덕분에, 오랜 방황 덕분에 내가 원하는 나를 찾았고, 원하던 삶을 살 수 있게 되었다.

앞으로도 나는 계속 나다움을 지켜 내며, 또 발견하며, 행복을 느끼고 싶다. 남들이 대단해하는 것이 아닌 내가 나를 보며 대단함을 느끼는 것. 남들의 기준이 아닌 나의 행복에 중점을 두고 지금, 이 순간을 온전히 즐기려고 한다. 당연한 것은 하나도 없기에 매 순간이 감사하고 행복하다.

나는 성장하면서 행복을 느끼는 사람이다. 어제보다 나아지는 내 모습을 보는 것이 참 행복하다. 스스로 발전하고 있음을 느끼는 것이 내가 추구하는 행복이다.

제일 감사한 것은 나의 행복으로 인해 아이들에게도 좋은 영향이 전해지고 있다. 소중한 아이들에게 꿈을 찾아 행복하게 열정을 갖고 사는 엄마의 모습을 보여 줄 수 있음에 벅차게 감사하다.

♧

나의 행복한 순간을 그리며 느낀 충만함

나에게 전율을 줬던 모네의 그림을 그리며 충만한 행복을 느꼈다. 내 오랜 꿈을 찾게 된 순간을 그릴 수 있어서 감사했다.

네 면의 벽과 바닥까지 그림으로 뒤덮은 전시였기에 감정이 더 고조되었는데, 직접 그리게 되니 다시 그 순간으로 돌아갈 수 있었다.

그동안에 해 왔던 모든 시도와 시행착오들이 이 순간을 위해 존재했음을 느꼈다. 나를 찾지 못해서 답을 찾고자 노력했던 것들이 더 큰 보상으로 돌아온 느낌이었다. 내가 하고 싶었던 그림을 그리며 행복한 순간을 그림으로 표현할 수 있어서 행복했다.

그 그림을 바라만 보는 것으로 끝나는 것이 아니라, 내가 직접 그리고 있는 모습을 더해서 그렸다. 그리고 붓끝에는 영감을 가져다주는 무지갯빛 벌새를 넣었다.

내가 좋아하는 것을 찾은
고3,재수 때의 행복

내가 좋아하는 것을 찾은 그 순간

고3 여름방학. 잠시 머리를 식힐 겸 미대 입시를 준비하는 친구의 화실에 가게 되었다.

벽면 가득 붙어 있는 작품들을 보는 순간. 그때 그 순간은 영원히 잊을 수가 없다. 마치 갑자기 다른 세상으로 순간이동을 한 느낌이랄까? 입시 준비에 지친 마음은 까맣게 잊은 채 정말 행복했다.

초등학교 때도 그림 그리는 걸 좋아해 미술 상도 받고, 교실 뒤 벽에는 항상 내 그림이 두세 개씩 붙어 있었다. 중학교 때는 미술반까지 했지만, 약대에 갔으면 하는 부모님의 바람으로, 고등학교에 진학하며 진로를 이과로 선택하고, 그렇게 고3이 되었다. 내가 이 공부를 왜 하는지도 모른 채 지쳐 가던 때였다.

벽에 가득 붙어 있던 작품들을 보는 그 순간, 바로 결심하게 되었다.

'아! 내가 좋아하는 일을 평생 해야겠다.'

그때부터 부모님과 담임선생님을 설득하며 힘든 시간도 있었지만, 한 번도 결심이 흔들린 적이 없었다. 그렇게 1년 재수 후 원하던 미술 대학에 진학하게 되었다. 어떤 사람들에게는 재수 생활이 힘들 수 있 겠지만, 내게는 가장 행복했던 시간이었던 것 같다. 처음으로 내가 원 하는 게 무언지를 발견하고, 그것을 하며, 꿈을 향해 꽉 짜인 하루하루 를 후회 없이 보내고, 1년 후 그 결과에 도달했을 때 정말 짜릿했다.

운명처럼 내가 원하는 걸 찾게 되었고, 그 후 흔들림 없이 꾸준히 그 림을 배우고, 학원에 다니며 하루하루 즐겁게 지냈다.

매일 맞이하는 또 다른 행복의 순간들

사실 나이가 들어 가며 또 다른 행복한 순간들을 매일매일 맞이하고 있다.

젊을 때는 뭔가 큰 꿈을 이뤄야 행복하다고 느꼈는데, 요즘은 일상의 소소한 순간순간이 행복하다. 80~90 연세에도 건강하신 부모님과 동 네 산자락에 있는 황톳길을 걷는 순간도, 맛있는 식당을 발견하고 함께 가서 식사하는 순간도, 집에서 식사 후 부모님과 커피 한 잔 앞에 두고 두런두런 이야기하는 순간도, 멀리 외국에 사는 친구가 문득 보고 싶어 연락했다는 문자에도, 매 순간 문득문득 아무것도 아닌 소소한 일상이 참 감사하고 행복하다.

그래서 요즘은 살아가며 만나는 모든 분과의 순간순간에서 서로 행복할 수 있게 마음 좀 내려놓고 살게 되는 거 같다. 그게 요즘 세상이 내게 가르쳐 주는 것들이다.

♧

좋아하는 꿈을 찾은 순간이 가장 행복했고, 그 순간이 아직도 생생하다는 말씀에 나와 너무 비슷해서 신기하면서 반가웠다.

우리의 꿈은 보통 가장 순수할 때, 어릴 때의 꿈인 경우가 많다는 걸 느낀다. 명사가 아닌 동사가 진짜 꿈이라는 말을 들은 적이 있다. 직업으로 꿈을 말하는 것이 아닌 '내가 뭘 할 때 행복했지?'를 떠올리면 그게 꿈이라고.

난 그림을 그릴 때가 참 행복하다.
하나를 더 꼽자면 이야기를 만들어 다른 이들과 나눌 때도 참 행복하다.
아직도 생생한 어릴 때 한 장면이 있다. 방학 때 외삼촌 댁에 놀러 가 사촌 동생들과 거실에 이불을 펴고 다 같이 자려고 누웠다. 제일 누나인 내가 아이들에게 이야기를 들려주게 되었는데, 즉석에서 만들어서 했던 이야기에 아이들이 재미있어 하며, 까르르 웃는 모습을 보며 너무 행복했다. 그 이야기를 지금 내 아이들에게 자기 전에 다같이 누워 들려주며 함께 까르르 웃는다. 이야기를 만들 때의 행복한 내가 지금의 나를 만든 것이 아닐까, 생각한다.

우리에겐 모두 잊지 못할 행복한 순간이 있다. 그 순간들을 한곳에 모아 놓고 보면, 인생에서 나만의 길이 보이는 것 같다.

'내가 좋아하는 것은 이런 것들이구나. 이런 것들로 내 일상과 삶을 채우면 난 행복하겠구나.' 하고.

호주에서 스카이다이빙을 하며 자유를 만끽하는 행복

십 년의 회사 생활을 한 내 자신에게 주는 보상으로 호주 여행을 갔다.

스카이다이빙하며 잠시나마 하늘을 날았고, 그 속에서 자유를 느끼면서 행복했다. 짧은 기간의 행복한 휴가를 위해 현실의 삶에 하루하루를 충실히 열심히 살았다.

행복이란 좇으려 하면 멀어지고, 어려운 것처럼 느낄 수 있으나, 내 삶에서 찾으려고 하면, 얼마든지 찾고 행복할 수 있는 것 같다. 현재는 나뿐만 아니라 모두가 자유롭고 행복했으면 좋겠다. 이제는 다른 사람들의 행복을 보는 것만으로도 행복하다.

♣

사진에서 그의 모습은 너무나도 행복해 보였고, 하늘 안에서 온전히 존재하는 것으로 보였다.

십 년의 회사 생활이 있기에 그 짧은 기간의 휴가가 더 달콤하게 느껴졌으리라. 하루하루 충실하고 열심히 살았던 자신의 일상에서 떠나 하늘을 날다니, 얼마나 홀가분하고 짜릿했을까?

그가 추구하는 행복은 나 혼자가 아니었다. 다른 사람의 행복을 보는 것만으로 행복하다는 말 속에서, 행복이라는 감정의 전염이 얼마나 큰지 느낄 수 있었다. 또 그가 얼마나 큰 사람인지도.

내 안에서 찾으려고 하면 얼마든지 찾을 수 있고 행복할 수 있다고 말하는 걸 보면 그는 이미 행복의 열쇠를 쥐고 있는 사람이었다.

모두가 일상에서 최선을 다하고 일을 하면서도 행복은 지금이 아닌 휴일, 혹은 휴가 등 특별한 날들로 미뤄 둔다. 하지만 행복을 지금으로 끌어들일 수 있다면 얼마나 좋을까? 그의 말대로 내 지금의 삶 안에서, 이 순간에 바로 행복을 찾을 수 있다면, 세상은 훨씬 따뜻하고 아름다워질 것 같다. 모두가 그의 이야기를 들으며 행복의 열쇠를 넘겨받기를 바란다.

온 가족이 튤립 밭에서
활짝 웃던 어린 날의 행복

온 가족이 완전체로 있었던 꽃밭에서의 행복

내 인생은 항상 행복하지만⋯⋯. 온 가족이 완전체로 함께 있었던 순간이 제일 행복했었던 것 같다.

기억하는 가장 첫 순간은 내가 4~5살 때이다.

부모님들은 나와 내 여동생을 위해 최선을 다하셨다. 자영업이었던 두 분은 매일 쉬지 않고 일하셨음에도 불구하고, 저녁이면 항상 놀아주시고, 주말이면 항상 야외로 나가서 새로운 문화를 느끼게 해 주셨다. 꽃을 좋아하는 엄마, 나, 동생을 위해 아빠는 온갖 꽃 축제를 찾아다니셨다.

그중 제일 기억에 남는 건 자연농원(지금은 에버랜드) 튤립 축제.

수많은 튤립 밭에서 엄마와 함께 활짝 웃으면서 사진을 찍었던 순간이 제일 기억에 남는다.

두 번째는, 흥이 많은 아빠와 내가 가게에서 음악을 크게 틀고 디스코를 춘다. 그걸 흐뭇하게 보고 있는 엄마와 동생.

지금 내 나이보다 훨씬 젊었던 아빠와 엄마. 젊고 젊은 순간 가장 행복했던 시간을 조금이나마 느낄 수 있고, 내가 그걸 기억한다는 것이 가장 행복했던 순간인 것 같다.

아빠는 너무나 젊은 나이(지금 내 나이보다 조금 더 많았을 때)에 돌아가셨지만, 그 순간만큼은 어제 일처럼 뚜렷하고 생생하다.

엄마의 행복이 곧 나에게도 행복한 순간이 된다

요즘의 행복은, 60대 후반으로 들어서는 엄마와 함께 많은 시간을 보내려 노력한다. 엄마의 어릴 적 이야기, 내가 기억하지 못한 일들을 들으면서 엄마의 기억 속 추억 여행을 한다.

예전엔 엄마가 나를 위해 이곳저곳을 데려다주면서 즐거움을 줬다면, 요즘엔 내가 엄마의 즐거움을 주기 위해 노력한다. 엄마는 항상 나와 함께한 일정이 끝난 뒤엔, "아~ 오늘도 참 잘 놀았다. 행복했다."라고 하신다.

그냥 다른 사람들처럼 평범하게 밥 먹고, 차 마시고, 산책한 게 다인데 그걸 엄마는 행복했다고 표현한다.

엄마의 행복이 곧 나에게도 행복한 순간이 된다.

♣

그녀는 아버지를 일찍 여의었다. 지금의 그녀보다 조금 더 많은 나이로 아버지는 가족을 떠나 하늘로 가셨다. 하지만 그녀의 가장 행복한 순간 안에서 아버지는 항상 함께였다.

부모님의 바쁜 일상에서도 주말엔 항상 가족들과 나들이 갔던 그녀 가족의 모습이 내게도 생생하게 그려졌다. 상상 속에서 따스한 봄볕 아래 튤립 꽃밭에서, 네 식구가 빛 가득 담은 미소로 함께하는 모습이 얼마나 눈부시던지.

어린 날 부모님이 만들어 주시던 그녀의 행복은 이제 그녀가 만들어 드리는 엄마의 행복으로 전환되었다. 어릴 때 부모님께서 그녀에게 해 주었듯이, 이제는 그녀가 엄마를 모시고 추억여행을 한다.

그녀 어머니의 기억 속에는 얼마나 행복한 순간이 많이 쌓였을까? 그것이 살아가는 데 얼마나 큰 힘이 될까? 사랑은 내리사랑이라고 하지만, 그녀의 행복 이야기를 보면 사랑은 한 방향으로 흐르지 않는다.

사랑은 꽃향기처럼 사방으로 멀리 퍼지고 흐른다.

아이들의 엄마인 나는 그녀의 이야기에서 힌트를 얻었다. 아이들은 부모의 노력을 모두 몸으로 기억한다는 것. 갔던 모든 곳, 함께한 모든 것들을 기억하지는 못하지만, 부모가 자신에게 준 사랑의 기억은 또렷하다는 것. 가족과 함께 더 많이 사랑하고 행복해지자고 다짐했다.

무탈하게 고통 없는 일상의 행복

평범이 행복이다

오늘 아침처럼 무탈하게 고통 없는 일상이 행복 같다. 어디선가 행복
을 찾으려 하는 것이 아닌 평범함이 행복이다.

최근 행복한 시간을 떠올리자면, 직장을 다니며 웃을 일이 없었는데, 치아 드러내고 웃는 프로젝트를 해 봤더니 정말 기분이 좋아졌다. 내가 웃는 사진을 내가 보고 너무 좋아졌다.

그때 나의 별명을 '행복 창조자'로 지었다. 행복은 어디서 구하는 것이 아니라, 내가 발견하고 선택하면 그만인 것이라는 걸 알았기 때문이다. '행복한 순간에 집착하게 된다면 오히려 고통스러워진다.' 그 말이 참 와닿았다. 명상할 때 모든 순간을 지우라고 하는 이유도 그 맥락이 아닐까, 생각한다. 명상도 하고, 자기 계발도 하고, 세미나 강연도 많이 듣고, 책도 많이 보며 다양한 시도를 많이 했다.

하지만 그중에 제일 중요한 것은 소통이라고 생각한다. 모두가 직장 생활이나 어떤 그룹에 속해 있을 때, 인간관계가 제일 힘들다. 마음을 더 열고, 그 사람들의 이야기를 들으며 소통해야 하는데, 나는 예전에 다른 사람들의 이야기를 듣지 못했다.

최근에도 직장에서 해결되지 않는 문제가 있었다. 나는 더 이상 문제를 피하거나 무조건 혼자 참지 않고 직면하겠다고 결심했다. 그리고 소통을 통해서 상대가 스스로 깨닫게 되면서 문제가 해결되었다.

나는 다른 사람과 통했을 때, 이어졌다고 느낄 때 가장 큰 행복을 느낀다. 교류하고 소통하면서 행복함을 느끼는 사람이다.

♣

그녀는 오랫동안 명상을 해 왔기에 행복의 본질을 알고 있는 듯하다. 평범과 무탈이 행복이라고 말하니 말이다. 항상 차분하게 말하는 그녀와 대화하고 나면, 꼭 명상하고 난 것처럼 개운한 기분이 들었다.

소통하며 가장 큰 행복을 느끼는 사람이기에, 직장 내의 관계에서 소통이 되지 않을 때 얼마나 고통스러웠을지 짐작이 되었다. 문제를 직면하겠다는 결심도 참 대단하고, 결국 의사소통을 통해서 상대도 문제를 인식하고 상황이 해결되었다고 하서서 나도 많은 걸 느꼈다. 어쩌면 성장하기 위해서, 또 나를 더 알기 위해 문제들이 생기는 것이 아닐까? 하는 생각을 했다. 나 또한 그랬기에.

행복에 집착하지 않고, 평범을 행복으로 알고, 또 웃으며 스스로 행복을 창조해 나갈 그녀를 온 마음으로 응원한다.

오랜 기다림 끝에
우리 집을 만난 행복

쉽지 않은 집 구하기를 성공하고
이사할 때의 행복

언제가 행복했는지 많이 고민하다가, 3년
동안 찾아 헤매다 만난 지금의 집 열쇠를 받는
날이, 최근에 제일 행복했던 순간인 것 같다.

영국에서는 집 사는 과정도 쉽지 않을뿐더
러, 코로나까지 겹쳐 매물로 나오는 집도 거
의 없는 상황에, 홍콩 사람들이 이민을 많이
오면서 경쟁이 심해졌다. 현재 집은 오랫동
안 매물로 올라와 있었는데, 이상하게 계속
끌렸다. 영국은 집 사겠다고 계약하고 집 열쇠를 받는 데 최소 3개월이
걸린다.

그렇게 고생 끝에 받은 집 열쇠. 정말 그날이 제일 행복한 순간이 아
니었을까 싶다. 그날 아이들과 정원에 꽃을 심었다. 한국처럼 쉽게 집
을 샀다면 이렇게 행복했을까? 하는 생각이 들었다.

감사한 순간이 곧 행복

현재는 온 가족이 건강한 것만으로도 감사하게 생각하고 있다. 감사

한 순간이 행복한 게 아닐까? 라는 생각으로, 행복을 원하고 추구하기보다 감사한 삶을 살고자 노력하고 있다.

♣

그녀의 이야기를 통해서 크게 느낀 점은, 어렵게 얻은 것일수록 그 소중함과 가치가 커진다는 것이다. 그렇다고 해서 쉽게 얻은 것들에 대한 가치가 평가 절하되어서는 안 되지만.

나의 그림이라는 꿈 역시도 '학부 때부터 쭉 그림을 그렸다면, 중간에 임신과 육아로 단절이 되지 않은 채로 계속 나의 커리어로 그림을 그렸다면, 지금 같은 나를 찾은 후의 온전한 행복을 느꼈을까?' 생각해 본다. 분명 지금과는 다른 밀도의 행복이었을 거란 확신이 들기 때문이다.

나이를 먹고 많은 경험이 쌓일수록 행복은 추구하는 것이 아닌 감사와 함께 따라오는 것임을 알게 되는 것 같다. 내가 누리고 있는 것이 당연한 것이 아니라는 걸 알게 되는 순간 겸손해지고 모든 것에 감사를 느끼며 삶의 경이를 느끼는 것 같다. 그녀가 소중한 집에서 가족과 함께하며 느낀 것처럼.

아이의 노력이 성취되는
모습을 지켜보는 행복

아이의 성취감을 보게 된 날의 행복

아이가 대학 합격했을 때 가장 행복했다.

출산일도 유력한 후보였는데, 아이의 대학 합격 당일을 꼽은 이유는 아이가 노력한 것에 대해 성취하는 날이었고, 본인이 너무 기뻐서 우는 모습이 나에게는 큰 행복이었기 때문이다. '본인은 얼마나 큰 성취감을 느꼈을까? 이 경험으로 인해 앞으로 인생을 살아갈 자신감을 가지게 될까?' 이런 마음에 벅찼다. 태어나는 날은 나에게는 큰 행복이지만 아이가 행복한 순간은 아니었으니까.

대학 입시가 삶의 목표는 아니었지만, 아이의 12년간 학생 생활의 마무리이기에, 모두가 함께 노력한 긴 시간이 값졌다.

나와 아이 모두가 주체적으로 살고 내면의 목소리를 들을 용기를 잃지 않을 것. 모든 것에 감사하는 삶을 살기를 바란다.

♧

아이가 행복한 순간이 엄마에게 행복한 순간이 되고, 아이가 성취하는 순간이 엄마에게는 자신의 성취 이상의 행복이 된다.

아이를 믿고 기다려 준 그녀의 모습을 옆에서 간접적으로나마 지켜

봐 왔고, 그녀의 육아 태도를 무척 배우고 싶었기에 그 행복한 순간이 참 마음 깊게 다가왔다.

믿는 만큼 자란다는 것을 머리로는 알고 있지만, 그 믿음을 아이가 느끼게 하는 것은 참 힘든 일이다. 나의 걱정과 나의 욕심을 아이에게 곧잘 투영하기 때문이다. 그녀는 아이가 게임을 할 때도 나무라기보다 같이 게임을 하며, 항상 아이가 하는 것을 함께해 주는 엄마였다. 그랬기에 아이의 성장과 스스로 해낸 성취가 얼마나 벅찼을지 상상이 되었다.

엄마로서 참 본받고 싶은 모습의 그녀이기에, 그 행복한 순간을 옆에서 함께 볼 수 있음에 감사한다.

음악회라는 결실에서의 행복

행복과 아픔이 되었던 음악과 함께한 순간들

평생을 음악과 함께해 오면서 직업으로서 내 존재를 인정하는 의미도 있지만, 그전에 음악 그 자체로 매일매일에서 음악을 느끼고 소중함을 느낄 수 있음에 감사한다.

'행복했던 순간'이라는 질문을 받고 한참 생각하게 된 것 같다. 음악이 나의 존재감을 느끼게 한 행복도 되었지만, 음악으로 인해 제일 아픈 경험도 가지고 있었기 때문이다.

오롯이 나 자신으로 인한 행복의 순간

내 삶의 전부인 소중한 아이로 인한 행복한 순간도 떠올랐지만, 아무래도 오롯이 나 자신으로 인한 행복의 순간이 언제였을까? 생각해 봤을 때, 약 1년 6개월 전쯤 진행한 음악회 성사가 아닐까 싶다.

그동안 많은 음악회를 진행했지만, 코로나 시절 예술 음악 자체가 존폐 갈림길에 섰다. 그 기간 동안 나는 새로운 음악 교육에 관한 공부를 고 새로운 커리큘럼을 쌓게 되었다.

그때 아름다운 문화 재단에 소속된 곳, 아름다운 한옥에서 연주회의 대관 허락을 받고, 나의 새로운 커리큘럼에 대한 발표와 음악의 가치를 전했던 그 순간이 가장 반짝반짝 빛났고 행복했다.

처음 음악회를 기획하고, 승인을 받기 위해 2년여를 계속 도전하고, 관계자분들과의 여러 차례 면담하에 최종 승인을 받았다.

또한 연주회가 실질적으로 이루어지게 하기 위한 모든 제반 사항을 하나하나씩 누구의 도움도 없이 해냈다.

무엇보다도 이러한 도전 가운데에 가장 중요한 내 내면의 중심을 잡아 준 분이 있다.

《파리에서 도시락을 파는 여자》의 저자, 나의 멘토 켈리 최 회장님이다. 켈리 회장님을 본보기로 삼고, 회장님의 생각들이 녹아 있는 영상과 책을 수십 번 읽고 보면서 해낼 수 있었다.
'과연 내가 해낼 수 있을까?'라는 의심보다는 '반드시 한다.', '반드시 해낸다.'라는 커다란 목표를 세우고 작은 행동들을 매일매일 반복했다.

앞으로 만나게 될 매해마다 진정한 목표를 가지고 그 목표를 이루기 위한 나의 모든 에너지를 집중할 수 있도록 최선을 다할 것이다.

무엇보다도 음악이 내 인생이기에, 매년 내가 기획하는 음악회가 부디 선한 가치를 널리 알릴 수 있으면 행복하겠다.

매 순간 행복해지자

조금 더 깊은 마음에는 어떤 행복을 추구한다기보다 매일 '순간순간 행복해지자.'라고 내게 이야기해 주고 있다. 하루하루에 일어나는 모든 순간과 관계와 관계, 상황들 속에서 긍정적인 부분을 보고 그 안에서 행복함을 느낄 수 있는 그러한 넓은 마음과 넓은 눈이 있으면 좋겠다는 생각, 그것이 바로 진정한 행복이 아닐지 생각한다.

♧

아름다웠던 음악회 현장에 나도 참석해서 함께 그 뜻깊은 결실을 보는 영광을 누렸다. 아이들이 음악을 대하는 태도는 그녀가 음악을 대하는 태도와 무척 닮아 있었다. 작은 손가락 끝으로 피아노 건반을 살며시, 때로는 묵직하게 누르며 우아하게 연주하는 모습에 울컥했었다.

전하고자 하셨던 음악의 귀한 가치가 아이들의 손을 통해서 아름다운 선율로 흘러나와 한옥 앞마당을 가득 메웠다. 청명했던 가을날, 그 아름다움 장면을 감상할 수 있어서 무척 행복했던 기억이 남아 있다.

예술이 없어도 살 수는 있지만, 그 예술이 더해짐으로 인해 늘어나는 행복은 측정하기 힘들다. 같은 공간에도 음악이 있을 때와 없을 때는 공기 자체가 달라진다.

그녀의 삶으로 여기는 음악과 함께하는 행복이 더 많은 분께 전해지길 마음으로 바란다.

무에서 유를 창조했을 때의 행복

내가 완성한 것을 보는 행복

내가 창조하고 완성된 걸 보는 것이 큰 행복이었다.

어릴 때부터 방 구조 바꾸는 것이 일이었다. 해외에서 남의집살이를 많이 했는데 캐나다에서 좁은 방에 침대, 책상, 거울 하나뿐일 때도, 매일 방 구조를 바꾸며 거기서 희열을 느꼈다.

미지의 것을 만들어 창조의 과정을 거쳐 완성본이란 결과를 맛봤을 때, 무에서 유를 만들 때, 나는 제일 행복을 느끼는 것 같다.

이전에 세일즈를 할 당시, 그 사람이 원하는 것에 맞춰 니즈를 파악해 상품을 제안하고, 상대가 제안을 받아들여 판매에 성공했을 때도 행복했다.

그 많은 것 중 최고는 인테리어 마감을 봤을 때. 이번 건물의 완공을 앞두고 내가 머릿속에서 그렸던 아이디어가 현실로 구현되고, 장소를 만들어 내고 완성한 것이 너무 행복하다.

아르바이트도, 커리어도 굉장히 다양한 분야를 넘나들었고, 사는 나라도 여러 번 옮기면서 약간의 결핍이 필수적이었다. 다양한 문제 상황 속에서 해결 능력이 쌓였다. 지나고 나니 모든 경험이 도움이 된다는 것도 알았다. 내 장점 중 하나가 뛰어난 공감 능력이다. 다른 사람들의 의견에 항상 귀 기울이고, 그들을 이해하려고 노력했다. 그리고 그들의 이야기 속에서 그들이 원하는 것을 파악하려고 했다.

내가 추구하는 행복은 건강이 제일이라고 생각한다. 언제 끝날지 모르는 삶 속에서 지금, 이 순간을 온전히 행복하게 사는 것이다. 내가 풍요로워져서 그 풍요를 주변과 나누고 싶다.

이제는 한 우물을 파야 할 때

예전에는 하나를 끝까지 하지 않고, 계속 다른 곳으로, 다른 직장으로, 다른 커리어로 회피했다. 이제는 하나를 파야 할 때임을 알았다.
다른 관심사에 기웃거리지 않고, 내 환경에서 할 수 있는 것에서 하나씩 하기로 했다. 직장에 들어가는 것이 아닌 인테리어와 건축을 하며, 온전히 나의 창조성을 펼칠 것이다.

♣

예술가들이 모두 느꼈을 그 희열을 최고의 행복으로 꼽은 그녀. 무에서 유를 창조하는 그녀는 감각적이다. 타고난 것도 있겠지만 그녀의 이야기를 듣고 나니, 셀 수 없이 다양한 경험들이 그 감각을 만들었다는 것을 알았다.

살았던 나라와 거쳐 온 커리어들을 열 손가락으로 다 꼽을 수도 없는 다재다능한 그녀이지만, 이제는 한 우물을 파기로 했다는 다짐을 선언했다.

최대의 장점이 최대의 단점이 될 수도 있듯이, 다양한 커리어들 사이에서 자신만의 뾰족한 무기가 없다는 것을 느낀 그녀가 선언한 것이기에, 앞으로의 그녀가 또 얼마나 많은 유의미한 것들을 창조하며 행복해할지가 너무 기대되었다. 창조성을 펼칠 그녀의 앞날은 무한히 깊어지겠지.

아이와 함께 있는
지금에서의 행복

순간을 즐기는 법을, 아이를 통해 배우는 중

가장 행복한 순간을 묻는 질문을 듣는 순간, 어떤 면접 질문보다도 어렵고 생각을 많이 하게 되는 질문이었고, 간결하게 한 문장으로 말할 수 없었다. 아이를 키우면서 아이에게 많이 배우게 된다. 그리고 인간에 관해 공부하며 행복이 간결하다는 걸 알게 되었다.

이상적인 자아 욕구가 크기도 하지만, 내가 가진 것과 할 수 있는 것들을 알게 되는 시기가 되니까, 순간을 즐기는 법을 배우고 있다. 이 시기의에 최선을 다해 즐기려고 하고 있다.

주말마다 놀러 가고, 아이에게 책 하나라도 더 읽어 주려고 하는 이 모든 순간이 행복이라 생각한다. 가장 행복한 순간은 너무나 많다. 아이 생각만 해도 눈물이 나려고 하는데, 가족과 아이들과 안정적인 시간을 보내서 너무 행복하다.

영화에 나오는 그림처럼, 집 앞마당에서 아이는 뛰놀고 난 그 모습을 바라보며, 모든 상황이 더 나아지고 있다고 느끼며 매 순간에 감사하다.

예전에는 항상 귀에 뭔가를 꽂고 음악을 듣고 있었는데, 이런 걸 깨달은 요즘은 가족과의 대화에 집중하려고 한다.

시간 = 노력 그리고 조건 없는 희생

행복을 위해서는 물리적인 노력이 절대적이라고 생각한다.

이 세상 부모가 자식을 사랑하는 마음은 똑같은데, 바쁘니까 힘드니까 이런저런 핑계를 대며, 아이에게 시간 투자를 하지 않는다.

현재 나의 개인 시간은 없고, 아이가 곁에 있는 지금을 최대한 즐기려 하므로, 가족과 시간을 많이 보내려 노력한다.

이 희생을 돌려받겠다는 생각은 없다. 내가 원하고 즐거워서 기꺼이 내 시간을 내어 주는 것이다. 개인 취미 생활은, 아이가 조금 더 크고 아이의 개인 시간이 생기면 해도 되는 것들이라, 지금은 내 시간을 없애고 이 시간에 집중하고 있다. 나의 희생을 강조하기보단 노력을 강조하고 싶다.

부모가 되기로 결심했기에 공부하고 이 시간을 온전히 즐기려 한다.
처음 부모가 되었을 때는 다툼도 있었고, 갈등도 있었는데, 그걸 잘 지나가려고 노력했고, 이제는 안정적으로 되었다.

이 모든 걸 즐기면서 성장하려고 한다. 아이가 크는 걸 보면서 많은 걸 선물처럼 받고 있기 때문에 감사하다. 지금, 이 순간을 즐기도록 건강 관리를 잘하려고 한다. 안정적으로 잘 지내기 위해서.

♧

그는 미국에서 어학연수 기간 중 4개월 동안 같이 수업을 들은 것이

전부였지만, 작년에 있던 나의 첫 개인전으로 20년 만에 다시 연락하게 된 반가운 인연이다.

인터뷰를 하며 20년 사이에 우리의 많은 것이 바뀌었음을 알았다. 무엇보다 각자의 아이들로 인해, 삶을 대하는 태도나 생각이 많이 바뀐 모습이 보였다. 인생을 알게 되고 아이들과 함께하는 지금, 이 순간이 얼마나 귀하고 소중한 것인지도 알게 되었다.

생명을 키우며 함께 시간을 보내고, 아이가 성장하는 모습을 보며 삶의 진리와 일상의 행복을 깨우치고 있는 그와 가족이 보였고, 그 이야기 속에서 나 역시 깊이 공감했다.

대화 끝에 내린 결론은 부모인 우리가 아이들을 키우는 것이 아닌 아이들이 우리를 키우고 있다는 것. 아이들을 통해 사랑과 행복을 배우고, 삶을 배우고 있어서 감사하다.

작가로서 첫발을 딛는
전시에서의 행복

꿈이 이뤄지는 가능성을 본 첫 전시의 순간

산다는 것은 항상 마음대로 되는 것이 아니고, 고생했던 순간도 정말 많지만, 떠올려 보니 행복했던 순간도 생각보다 무척 많았고, 그중에 최고의 순간을 꼽기는 더 힘들었다. 그래서 행복 + 의미라는 두 관점에 서 그 순간을 꼽아 보기로 했다.

그 결과 나에게 가장 행복했던 순간은, 긴 여행을 마치고 돌아와, 첫 개인전을 열었던 순간이다. 20대 때 22개월 동안 혼자 세계 일주를 했 다. 그림을 그리기 위해 떠났던 여행이었고, 여행을 마친 후 나에겐 400여 장의 긴 여정의 기록들이 그림으로 남겨졌다. 여행을 하기 전에 는, 그린 그림들로 어떠한 계획도 세우지 않았는데 귀국 후, 전시를 하 고 싶다는 작은 목표가 생겼다. 전시를 어떻게 준비하는지, 그 절차나 방법에 대해 아는 것이 하나도 없는 상태에서 갤러리를 하나하나 돌아 다녔다. 무작정 전화해서 전시할 수 있는지 물어보기도 하고, 거절당 하기도 하면서. 그렇게 서툰 과정을 거쳐 어렵게 한 전시 공간을 대관 할 수 있었다. 그리고 여행지에서 그려 온 작은 그림들을 하나하나 정 리하여 전시를 열었다.

처음으로 하는 경험은 뭐든지 쉽지 않겠지만, 누구의 도움도 없이 혼 자 전시를 꾸리는 것은 생각보다 더 버거웠던 것 같다. 하지만 전시회 를 열고 기대 이상으로 사람들이 발걸음해 주고, 그림이 사람들 사이에서 흐르는 것을 느끼며 너무나도 행복했다.

당신의 행복이 궁금해요

'평생 그림을 그리며 살아가고 싶다는 어린아이 같은 꿈이 이뤄질 수 있겠구나.' 하는 가능성을 느꼈던 순간이었다. 작가로서 첫발을 내딛던 그 첫 전시는 내겐 정말 큰 용기를 가져다주었기 때문이다.

가족과 사랑이 주는 행복

지금도 물론 화가로서 더 단단히 나아가는 행복을 원하지만, 그것만큼이나 중요하게 생각하게 된 것은 바로 '가족, 사랑'이다.

바로 결혼이라는 커다란 변화가 있었기 때문이다. 내가 사랑하는 사람, 가족과 오래오래 아름답게 살아가는 행복. 그 행복을 위해 항상 노력하고 싶다. 그리고 그 행복을 쭉 유지할 수 있다면, 작가로서의 행복도 동시에 이룰 수 있을 거라 믿는다.

♣

김물길 작가를 처음 알게 된 건, 내가 그림이라는 꿈을 찾고, 첫 그림책을 끝낸 직후에 갔던 그녀의 전시회에서였다.

그림이라는 꿈을 막 꾸기 시작한 나에게, 그녀의 전시는 영감 그 이상이었다. '자신의 따뜻함과 마음을 그림에 이렇게 담을 수 있구나.' 하며 그림을 보는 내내 감탄했다. 그림마다 그림에 대한 그녀의 순수한 사랑도 느껴졌다. 그녀의 그림을 통해 받은 감동과 경이가, 내 그림에서도 느껴진다면 얼마나 행복할까? 그런 큰 기대를 품게 하는 따스한 전시였다.

그녀의 전시를 보고 나만의 전시를 꿈꾸었고, 그로부터 6개월 후에 나는 첫 전시를 열고 그녀를 초대할 수 있었다. 김물길 작가는 나에게 그림을 순수하게 사랑하는 방법, 또 사람들과 나누는 방법을 알려 준 고마운 분이다.

그런 그녀의 행복한 순간이 첫 전시였다니, 그 순간을 함께하지는 못 했지만, 내 전시 준비 과정과 겹치면서 생생하게 그녀의 첫 전시 순간을 마음으로 느낄 수 있었다.

앞으로의 행복은 혼자가 아닌 함께의 행복으로 나아간다고 하니, 함께하는 행복이 담겨 있을 그녀의 작품들이 더 기대된다. 하나보단 둘이, 둘보다는 셋이 만드는 행복은 더 아름다울 것이 분명하기에.

온전한 나의 시간이 주는 행복

육아 중에 갖는 온전한 나로의 행복

친정, 시가족과 떨어진 머나먼 타국에서 첫째를 출산하고, 남편과 좌충우돌 부딪혀 가며 나 홀로 육아를 해 오면서 몸과 마음이 너무나 지쳐 힘들었던 적이 있었다. 물론 아이의 탄생은 가족의 큰 기쁨이고 행복임이 분명하지만, 대부분 내 마음대로 흘러가지 않고, 노력한 만큼 결과가 나오지 않는 육아는 내 인생에서 처음 겪어 보는 고난과 좌절이기도 했다.

그래서 천사 같은 아이의 미소를 보면서 기쁨을 느끼면서도 한편으로는 나 자신만 챙기면 되는, 혈혈단신이 될 수 있는 시간을 갈구하였다. 하지만 타국에서 그 시간을 갖는 것은 거의 불가능했다.

시간이 지나 아이의 돌이 될 무렵, 돌잔치를 위해 한국에 잠깐 들어가게 되었다. 한동안 친정에 머무르게 되었는데, 역시 친정 엄마는 내 얼굴만 보아도 내가 어떤 기분인지 어떤 심정인지를 읽는 여섯 번째 감각이 있으신지, 나에게 여동생과 함께 둘이 1박으로 여행을 다녀오지 않겠냐고 제안하셨다. 돌쟁이를 봐주셔야 하기에 죄송한 마음은 있었지만, 이를 뒤로하고 바로 용산행 ktx를 끊었다. 동생과 이른 새벽에 기차역에서 만나 스타벅스에서 모닝커피를 픽업했던 그 순간이 가장 행복한 시간이었던 것 같다. 지금은 동생 또한 두 아이의 엄마이기에, 앞으로는 기약할 수 없는 둘만의 행복한 서울 여행을 추억하며…….

세상에서 가장 강력한 엄마의 모성애

나의 노력은 아니지만, 나의 갓 생긴 모성보다 훨씬 깊고 깊은 친정 엄마의 모성은, 본능에서 시작해 노력과 인고의 여정에 행복이라는 연결 고리로 단단하게 여물어 온 세상에서 가장 강력하고 아름다운 것이 아니지 않나 싶다.

감사하게도 우리 네 가족 모두 이제 한국에 안정적으로 정착하였고, 아이들도 학교와 유치원에 적응하여 기쁘게 기관 생활을 하고 있다. 오랫동안 뵙지 못했던 친정, 시가 식구들 또한 건강하고 안녕하다.

꿈을 구체화할 한 걸음

이제 내 차례다.

그동안 아이들 뒷바라지를 해야 한다는 핑계 뒤에 숨어서 나태하게 지내 왔다. 몇 가지 꿈을 강산이 두 번 바뀌는 동안 품어 왔는데, 이제 는 너무 품기만 해 부화되기 직전이다. 올해 상반기에는 꼭 내 꿈을 구 체화해 한 걸음 내디뎌야 한다. 이제 더 이상 핑계는 대고 싶지 않다. 나도 가족 경제에 일조하는 가족 구성원으로서의 떳떳함, 사회 구성원 의 일부로서의 자신감을 얻어서 오롯이 내 자아에서 품어 나오는 생기 있는 행복을 얻고 싶다.

♧

엄마라면 그녀 이야기에 모두 공감할 수밖에 없을 것이다. 생명의 탄생은 어느 것과도 비교할 수 없는 환희를 느끼게 한다. 하지만 생존을 위한 모든 것을 도와줘야 하는 생명과 함께한다는 것은 나를 위한 모든 것은 잠시 내려놓아야 한다는 것이다. 24시간 풀타임으로 아기를 돌보고 우는 아기를 달래며, 잠은 못 자는 그 생활 중에 내 자신이 없어지는 느낌이 든다. 나 역시 그랬고 이 세상의 모든 엄마가 그랬다.

심지어 타국에서 도와줄 수 있는 사람이 하나도 없는 환경이었으니, 그 고생과 감정이 훨씬 더 했을 것이다. 그러다 오랜만에 한국에 와서 친정 엄마는 자기 딸의 고생을 고스란히 느끼셨고, 여행을 제안하셨으리라. 엄마가 되고 나니 친정 엄마의 마음이 짐작되어 더 코끝이 찡해졌다.

그렇게 친정 엄마의 사랑으로 갖게 된 아기 없이 갖는 '나 혼자만의 시간', 그 시간 동안은 무엇을 해도 행복하다. 오아시스처럼 달콤한 그리고 꼭 필요한 시간이다. 엄마가 행복해야 아기도 행복하니까. 자신을 충전하고 돌보고 사랑하는 시간을 갖고 나면, 아기에게 줄 수 있는 사랑도 충전이 된다.

그 힘든 시간을 다 지나 아기는 자랐고, 둘째도 생겨 자신의 엄마처

럼 자매의 엄마가 된 그녀는, 이제 자신의 꿈을 위해 한 걸음을 나아가
려고 한다. 엄마로서가 아닌 자신으로서의 성취를 하게 되면, 얼마나
더 행복해질까? 벌써 그녀의 행복한 미소가 느껴진다.

아이들을 키우는 순간의 행복

여러 감정이 몰려온 순간의 행복

아이들을 키우는 순간순간이 행복했던 것 같다. 가장 행복했던 한순간만 말하기가 참 어려운데, 그래도 꼽자면 민재가 고등학교 졸업할 때일 것 같다. 미국은 고등학교를 졸업하면 집을 떠나 성인으로 독립하는 시간이다. 이제는 더 이상 아이들과 한집에서 같이 긴 시간을 보내는 일은 없어진다. 아이들을 무사히 잘 키웠다는 안도감, 성취감, 감사함, 뿌듯함 거기다 아이와 작별한다는 슬픔도 더해졌다. 이제는 나도 큰 책임감을 내려놓을 수 있다는 기쁨 등 참 여러 가지 감정이 교차하는 순간이었던 것 같다.

아이의 졸업식에서 아이가 좋은 학교를 가서 얻어지는 기쁨보다, 함께했던 많은 순간이 떠올랐다. 민재가 첫걸음을 떼던 기억, 도시락을 싸던 기억, 축구하고 수영하는 거 보던 기억, 대회 나가서 상을 받고 뿌듯해하던 기억 등 모든 기억이 파노라마처럼 지나갔다. 고등학교 졸업이 아이들과 함께하는 것의 끝은 아니지만, 미국에서는 그 시기가 독립을 시키는 순간으로 느껴지게 되는 것 같다. 그래서 참 여러 감정이 몰려와서 행복하기도 하고, 슬프기도 했던 순간이었다.

10년간 타지에서 쌓은 매일의 노력

그 행복했던 순간이 되기까지, 덴버에서 가게를 시작할 때 첫째가 유치원, 둘째는 유치원 전이었다. 영어도 잘 못하고 미국에서 일한 경험도 없는 내가 아침에 아이들 도시락 싸서 학교에 내려 주고, 가게 가서 8시간 이상 일하고, 집에 돌아오면 아침에 먹은 설거지부터 아이들에게 늦은 저녁을 먹이고 목욕을 시키고, 10년간 매일 아이들과 한두 시간씩 같이 공부했다. 하루도 빠짐없이 딱 10년을 그렇게 공부하고 나니, 아이들이 스스로 공부도 하게 되고, 첫째가 고등학교에 들어가는 시기에는 본인이 알아서 시간 관리를 했다. 엄마, 아빠 가게에서 일도 돕고 하다 보니, 아이들이 더 일찍 철이 들었던 것 같다. 주말에는 아이들의 활동을 함께 다니면서 추억도 많이 쌓았고, 나의 15년은 모두 아이들과 함께였고, 그게 전부였고, 희망이었고, 감사함이었다. 그것이 힘들게 살아도 버티는 힘이 되었던 것 같다.

나의 일을 할 수 있음에 감사

현재는 아이들이 모두 떠나고, 내가 잘할 수 있는 일을 찾을 수 있게 되어서 너무 기쁘고 감사하다. 50이 넘은 나이에 아이들을 다 키워 놓고, 나의 일을 가질 수 있음에 사하고 행복하다. 지금 나의 기도는 우리 식구 모두 나처럼 잘할 수 있고, 행복할 수 있는, 세상에 도움이 되는 일을 하면서 행복한 삶을 살게 되길 기도하고 있다. 한국에 있는 우리 가족들이 건강하고 행복해지길, 외롭지 않길 기도하면서 산다.

♧

미국에 내가 처음 어학연수를 갔을 때 언니가 있는 미네소타로 갔었다. 거기서 언니가 아이 둘을 낳고, 살림을 하며, 열심히 사는 모습이 정말 생생하다.

형부가 미국에 처음 온 날 해 준 이야기가 내게 큰 울림을 줬다. '누군가의 딸로가 아닌, 어느 학교 학생으로가 아닌, 그냥 너의 모습으로 지내 보라.'고 말씀해 주셨다. 어른이 보기에 내가 남들의 눈을 많이 의식하며, 착한 딸, 착한 학생으로 지내려는 노력이 보였나 보다. 그 조언 덕분에 나는 미국에서 나에 대한 배경지식이나 선입견 없이, 온전히 나를 보여 줄 수 있었고 큰 해방감을 느꼈다.

조카들이 잘 자란 것은 언니와 형부의 헌신 덕분이라는 걸 모두가 알고, 무엇보다 두 아이들이 그걸 알고 있다는 것이 참 멋있게 보였고 감동적이었다. 행복한 순간들은 그녀와 가족 구성원 모두의 기억에 겹겹이 쌓여 모두를 단단하게 만들어 준 것이 보였다.

행복했던 아이의 졸업식에서 그녀가 느꼈을 감정의 파노라마가 나에게도 전해져서 눈시울이 붉어졌다. 아이는 집을 떠나도 그 행복한 기억들은 사라지지 않는다.

아이와 함께한 모든 기억은 지나고 나면 행복한 추억이 된다.

이제는 아이들과 함께하는 것이 아닌, 자신이 잘할 수 있는 일을 찾은 그녀의 새로운 행복에 함께 들떠 응원의 박수를 보낸다. 형부가 내게 해 줬던 조언처럼, 이제는 누군가의 엄마가 아닌 자신으로의 행복이 그녀의 삶을 채워 나가리라.

함께일 때 오는 행복

행복한 순간의 공통분모 = 가족

행복한 순간을 쭈욱 떠올려 보자니 공통적인 것이 있었다.

세상에서 가장 사랑하는 신랑 유정환, 똥고양이라고 부르는 첫째 시아, 똥강아지라고 부르는 둘째 이준이와 함께 맛있는 음식을 먹으면서 서로를 바라보며 장난치는 그 순간 '아! 나 지금 정말 행복해!' 하고 외쳤었다.

사랑하는 사람과 함께라면 그곳이 어디든, 무엇을 먹든 아주 행복해진다.

심지어 결혼기념일에 컵라면을 먹으면서도 "나 행복해~ 고마워!"라고 이야기 했었다.

노력이 필요 없는 일상의 행복

생각해 보니, 일상에서의 행복은 노력이 필요 없었다. 그저 아이들의 세상에 내가 들어가면 되고, 깊이 있는 대화를 하며 신랑의 세계에 있기만 하면 된다. 우리 세상에 우리만의 이야기가 새롭게 써지고 순간순간 서로 간의 깊은 연결감이 충만감으로 가득 차게 한다. 그 순간은 마치 짙게 드리운 파란 하늘 아래 밝은 조명이 켜진 아늑함과 시원한 바람으로 모든 게 신선하게 느껴지는 초여름의 저녁 같다.

늘 함께를 추구한다. 나 혼자가 아닌 우리, 우리보다 더 큰 우리의 연결을 원한다. 아주 오랜만에 연락을 해도 어떤 배경도 의심하지 않고 상대를 믿고 응원하는 이런 연결감이 잔잔한 행복을 준다.

들꽃처럼 우리의 세상이 행복으로 흩뿌려져 있기를 바란다. 그 세상은 내 마음에 있으니, 마음 안에 다양하고 수많은 찾지 못한 꽃들이 있기를 바란다.

생각지 못한 곳에 들꽃이 피어나듯 예상치 못한 기쁨과 행복이 아마 내가 살아가는 삶 곳곳에 나를 기다리고 있을 것을 믿는다.

찾지 않아도 있다. 이따금씩 그저 내게 미소를 주는 모든 것들이 다 행복일 테니.

막내가 수박을 실컷 먹다가 '엄마도 먹어 봐. 맛있어.' 하며 입에 넣어 주는 일, 첫째가 학교에서 만들어 온 샌드위치를 엄마에게 자랑하고 싶다며 작은 손으로 예쁘게 포장해서 식탁에 올려 준 일, 여름에 태어나 여름을 선물해 주고 싶다며, 생일 선물로 싱그러운 복숭아가 가득 올라간 케이크를 사다 준 일, 이 모든 것이 다 행복이다.

♣

　노력이 필요 없는 일상의 행복. 그것이 인터뷰 프로젝트를 시작하며 내가 독자들에게 전하고 싶었던 메시지였다.

　행복은 멀리 있지 않다는 걸. 공기처럼 늘 곁에 있기에 내가 들이마시고 내 몸 가득 채울 수 있다는 걸 말하고 싶었다. 그리고 이 이야기를 나 말고도 말해 준 이가 있어서 진심으로 행복했다.

　그녀가 말하는 들꽃처럼 세상에 흩뿌려져 있는 행복을 눈에 담고, 또 마음에 담아 모두가 느껴 보길 바란다. 행복을 느끼는 순간, 그대와 나 우리 모두가 연결된다.

돌고래와 대자연을 마주한 벅참과 경이

행복이라는 단어가 생각났던 순간은 아니지만, 질문을 받고 굉장히 흥분되고 벅찼던 순간이 떠올랐다. 여행에서 일행들이 돌고래 투어를 가자고 해서 별생각 없이 따라나섰는데 정말 가까이에서 돌고래를 보고 나서 경이로움을 느꼈다.

어려서 시골에서 자연을 벗 삼아 자라서 지금도 자연과 어우러지는 순간, 그리고 그 속에서 여유로운 나를 느끼면 굉장히 평온하고 평안함을 느낀다. 햇살이 마구 부서지는 나뭇가지 아래 앉아 있거나, 나무가 푸릇한 계절, 나뭇잎이 빨갛게 물드는 계절, 하얀 눈이 소복하게 쌓이는 계절 속 도심 빌딩 숲을 바라볼 때도 자연과 어우러진 모습에 마음에 안정감이 생긴다.

돌고래를 통해 느낀 장엄한 경이로움

하지만 돌고래를 봤을 때는 그런 자연과의 감정을 넘어서는 느낌이었다. 장엄하지만 인간의 태초는 자연이라는 생각이 들었다. 그 뒤로 나는 돌고래를 무척이나 사랑하게 되었다.

원하는 것이 아닌 자연스럽게 느껴지는 온전한 감정

행복을 원하거나 추구하려고 하지 않는다. 행복하기 위해 뭘 한다는 개념보다는 그냥 자연스럽게 느껴지는 설렘이나 벅찬 감동을 온전히 느끼고 감사하려고 노력한다. 그럼 가끔 가만히 있다가 '아! 나 행복한 사람이구나.'라고 생각하게 된다.

♣

느껴지는 감정을 온전히 느끼고 감사하는 것.
가만히 있다가 문득 깨닫는 행복.
자연과 함께 있을 때 이런 순간이 많이 찾아오는 것 같다.

휴대전화 사진첩에 자연 풍경이나 꽃 사진이 많아지면 늙은 것이라는 말을 들은 적이 있다. 그 안에 품은 뜻은 자연과 가까이 하는 것이 행복이고, 자연 안에 삶이 모든 모습이 담겨 있음을 알게 되는 것이 바로 연륜에서 오는 지혜이기 때문이 아닐까?

자연의 아름다움을 아는 것은 삶의 아름다움을 아는 것과 같듯이, 그녀도 자연의 아름다움을 온전히 느끼며 행복을 느끼는 지혜로운 사람이다.

돌고래들과 교감하며 인간의 태초를 느낀 그녀에게 경이롭고 행복한 순간이 또 어떤 모습으로 찾아오게 될까?

배 위에 올려진
딸아이를 만난 순간의 행복

〈Motherhood〉, 2024

늦은 나이에 얻은 생명의 탄생

인생에서 가장 행복한 순간은 늦은 나이에 얻은 소중한 딸의 생일이다. 제왕절개하고 만나고 싶던 그 아이를 만났고, 내 배 위에 올려진 자그마한 입으로 젖을 아주 힘차게 빨던 그 순간. 그 감각과 느낌이 아직도 생생하게 남아 있다.

좋은 음식 먹기, 좋은 생각 하기, 태교, 명상, 요가, 산책하기 등 간절하게 원했던 그 생명을 위해 내가 할 수 있는 것을 모두 다 했다.
더 이상 무엇을 할 수 있겠느냐는 생각이 들 정도로.

이제는 내가 성장할 시간

이제 딸도, 남편도 각자의 삶 속에서 즐겁게 살아가니, 나는 나의 성취와 성공, 또 더 나은 모습을 그려 가며 노력을 더 하고 있다.
지금 내가 추구하는 행복은 나의 성장이다. 어른으로서의 품성과 다른 사람에게 힘이 되는 존재, 그렇게 되어져 가는 과정에서 주는 그 행복을 추구하고 있다.

♣

새로운 생명을 얻기 위해 할 수 있는 모든 것을 했고, 그 노력 덕분에

사랑스런 딸을 얻었다는 그녀의 말에 코끝이 찡했다. 새 생명을 마주
하던 그 순간의 기억은 엄마들 머릿속 해마에 깊게 각인된다.

작디작은 아기의 배가 오르락내리락하며 숨을 쉬는 소리. 가슴에서
들리는 콩콩 뛰는 작은 심장 소리, 그 심장과 숨에 고마운 적이 많았다.
생명이 존재하는 것만으로 감사하던 그 순간, 다른 생각이나 욕심이
끼어들지 않는 그 순간이 참 숭고하게 느껴진다.

귀하게 만난 그 아이가 감사하게 잘 자라고 있고, 이제는 엄마가 성
장할 시간이다. 엄마의 성장은 또 얼마나 숭고한 모습일지 치열하게
성장하는 그녀의 심장 소리가 들린다.

그림을 그리면서도 나의 출산과 겹쳐져서 뭉클한 마음으로 행복하
게 그렸다. 배 속에 있던 아이가 쑤욱 내 몸에서 빠져나오는 그 순간도,
울음을 터트리며 내 가슴 위에 올라왔던 순간도, 너무 또렷한 기억들이
기에. 그 순간을 그림으로 남길 수 있음에 감사했다.

엄마가 된 순간의 숭고한 행복

세상에서 가장 숭고한 '엄마'가 된 순간

인생에서 가장 행복했던 순간은 엄마가 되었을 때다.

첫 아이를 낳고 엄마가 됐을 때 세상을 다 얻은 듯한 기분이었다.

아이들이 성인이 되었지만, 지금도 아이가 '엄마' 하고 부르면 '아! 내가 엄마구나.'라는 생각에 가슴이 뛴다.

엄마라는 단어는 세상에서 가장 숭고한 단어가 아닐까 싶다.

물론, 거기에는 책임감도 크게 따르기는 하지만 엄마의 존재 자체만으로도 아이들에게는 마음의 안식처가 되고, 내가 그런 존재가 된다는 것이 나에게는 정말 기쁜 일이었다.

사회에 헌신하기 위한 경제적 자유와 건강

현재 내가 추구하는 행복은

첫째, 경제적 자유가 필수 조건으로 자리 잡았다.

내가 하고 싶은 일에 집중할 수 있도록 시간을 얻을 수 있는 경제적인 능력.

둘째, 오랫동안 꿈꿔 왔던 보육원 아이들과 어려운 청소년들을 위한 헌신, 기버 'Giver'의 삶.

셋째, 나와 평생을 함께할 수 있는 친구가 있고 머리부터 발끝까지 건강한 체력을 유지하는 것.

그리고 마지막으로, 아이들과 남편이 건강하게 원하는 삶을 살며 행복해하는 것.

위에 언급한 것들이 모두 이루어지는 것만큼 행복한 게 또 있을까?

♣

'엄마'라는 단어에 깊은 울림이 있다. 배 속에서도 엄마와 탯줄로 연결되어 있었고, 엄마를 통해 세상에 나왔고, 엄마가 되어 또 아이들을 만났으니 이 세상은 모두 엄마들을 통해 연결되어 있기 때문이다.

엄마가 되길 참 잘했다고 자주 느낀다. 엄마가 되고 난 후, 보이지 않던 것들이 보이고, 들리지 않던 것들이 들리고, 느껴지지 않던 것들이 느껴졌다.

아이들은 나를 엄마로만 만든 것이 아니라 아주 큰 그릇으로 만들었다. 많은 것을 담고 안을 수 있도록 만들어 주었다.

그녀도 엄마가 되고 더 많은 것들을 보고, 듣고, 느끼며, 사회에 헌신하려는 마음이 커지지 않았을까? 조심스레 유추해 본다. 원래 큰 사람이지만, 엄마가 되면서 더 큰 헌신을 하기로 다짐하셨을 것이다.

그걸 위해 하루하루 열심히 지내고 계신 걸 알고 있기에, 숭고함이 장엄함으로 더 커지리라 믿는다.

타국에서 돌아와 마주한
가족과의 일상이 주는
편안한 행복

오랜만에 느끼는 가족의 안정감

코로나 이후에 오랜만에 추석맞이를 위해 작년에 한국에 왔다. 친정 식구들이랑 한옥 체험에 가서 맛있는 것 먹고, 조카들도 처음 보고, 마당 앞에 모래 놀이터에서 함께 모래놀이 하는 걸 지켜보는데, 오랜만에 느끼는 가족의 따듯함 안정감, 편안함을 느끼며 그 순간을 온전히 즐겼다.

정원에서 가꾸는 소소한 행복

스위스에서 지금 살고 있는 집에 정원을 직접 관리해야 하는데, 집주인이 정원 앞 돌을 싹 갈았다. 그것만으로 새로운 시작의 느낌이 들어서 꽃도 다시 심고, 깻잎도 심으며 삶의 소소한 행복을 느끼고 있다.

스위스의 생활은 서울에서처럼 자유롭게 할 수 있는 여가가 별로 없기에 이곳에서는 소소한 행복이 전부이다. 친구들이랑 호숫가 앞에서 소시지 구워 먹고, 맥주 마시며, 이야기 나누는 것이 행복이다.

집에 있는 가구들을 다 뒤집고, 가구 배치를 바꾸는 취미가 있는데, 요즘엔 정원을 가꾸는 것이 새로운 취미가 되었다.

♣

결혼 후 스위스에서 살게 된 그녀. 해외에 다니며 외국에서 일하던 경험이 많던 그녀에게 아주 잘 어울리는 신혼 생활이라 생각했다. 하지만 가족과 무척 가까운 그녀가 코로나 몇 년 동안 한국에 들어오지 못한 것은 너무 안타까운 일이었다.

오랜만에 연락했지만 여전히 따뜻했던 그녀가 3년 만에 한국에서 가족들을 만났을 때 얼마나 행복했을지가 생생하다.

처음 보는 조카들과 모래놀이 하며 연결됨을 느끼며, 그간의 헛헛함이 모두 녹아내렸겠지.

그녀가 말해 준 스위스에서 삶은 한국에서와 다른 점이 많단다. 평온하고 잔잔하지만 조금은 정체되어 있는 느낌을 받았다. 그래서 그녀가 집안의 가구를 바꾸며 변화를 추구한 것이 아닐까? 앞으로 매일 정원을 가꾸며 그녀는 작지 않은 행복을 느낄 것이 분명해 보였다. 매일 다르게 커 가는 꽃과 깻잎을 보며, 함께 성장하고 매일 변화하게 될 테니.

이번 인터뷰는 영상 통화로 진행했지만 이제는 언제나 보고 싶을 때 오고 갈 수 있으니, 내가 그녀를 보러 가야겠다. 함께 스위스의 그녀 집 정원을 둘러보며 잔잔한 행복을 이야기해야지.

행복 19 – 박민우

하와이에서 바다로 점프했을 때의
새로운 경험이 주는 행복

〈Jump with the dolphin in Hawaii〉, 2024

결이 다른 자유로운 행복

불행했다고 느꼈던 순간이 없어서 전반적으로 행복한 인생을 살아온 것 같다. 하와이 힐로에서 교환 학생으로 있었던 기간이 행복했는데, 굳이 이유를 찾자면 성인이 되고서 지금까지 유일하게 결이 다른 시간이었기 때문이다. 또다시 그런 걱정 없이 이해관계 없는 좋은 친구들과 놀며 자유로운 시간을 가지기 어려울 수도 있을 듯해서다.

하와이 섬 사우스 포인트에서 점프했을 때가 가장 기억에 남고, 그때 해변으로 가던 길에서 보던 풍경이 지금도 종종 생각난다.

현재의 생활도 행복하다. 가정과 회사에 문제없고, 아직 건강한 것 같고, 큰 이변 없으면 남은 인생도 나쁘지 않을 것 같으니.

내 앞에 과제를 해결해 온 시간

행복을 위해 노력한 것이 있다면, 살아오는 동안 내 앞에 주어진 과제를 해결하려고 살아온 것 같다. 학생 땐 공부하고, 직장에선 좀 더 잘해 보려고 했고, 무엇보다 원만한 인간관계를 중요시했던 것 같다. 아쉬운 건 조금 더 계획적이었다면, 더 효율이 좋았을 수 있겠다고 생각한다. 하지만 이것도 성격이라 지금이 최선이지 않을까?

가족(특히, 배우자와 딸들)과 더 많은 추억과 경험을 공유하고 싶고, 그들과 보내는 행복한 시간이 남은 인생에서 가장 중요할 것 같다.

　그 행복이라는 목적을 위해 건강과 최소한의 경제적 능력을 위한 노력을 할 생각이다.

♣

　우리는 하와이에서 같은 기간에 교환 학생으로 있었다. 한국 학생 5명이 이층집에서 함께 생활하며, 한 학기 동안 가족처럼 가까이 지냈다. 바닷속으로 점프를 할 때, 그가 점프를 한 후 3명이 더 점프를 하고, 나는 거의 마지막으로 뛰어내렸다. 나 역시 그 순간이 아직도 또렷하다.

　바닷속으로 뛰어내릴 때 공중에서의 짜릿함, 바닷속으로 발가락이 먼저 닿고 난 후 하염없이 내려가는 것 같았던 순간, 유난히 길게 느껴지던 잠시의 멈춤 이후에 천천히 수면 가까이로 올라가던 아득함, 마침내 얼굴이 수면 밖으로 나와 거친 숨을 몰아쉬었던 그 순간.

　인터뷰하면서 행복한 순간으로 이날을 말했을 때, 얼른 그림을 그리고 싶었다. 나에게도 잊지 못할 기억이었기 때문이다.

이 그림을 그리는 동안 말할 수 없는 신비로운 행복을 다시 느꼈다. 그림을 그리면서 나는 하와이 바다에 있었고, 그 물결과 바닷속으로 들어오던 햇빛을 눈앞에서 보고 있었다.

그림을 그리면서 항상 행복했지만, 이날의 행복은 조금 더 날것의 느낌이었다. 캔버스와 함께 바닷속에서 숨 쉬는 기분이었다.

우리의 하와이 시절은 벌써 거의 20년 전이 되어 가고 있고, 그 사이 많이 성장해 가정을 꾸린 어른들이 되었다. 각자의 삶에서 충실히 살아가며, 그때를 함께 추억할 수 있어서 참 감사했고, 그의 행복한 순간을 그리며 나 역시 다시 행복할 수 있어서 또 감사했다.

그는 딸들과 내 첫 개인전에 함께 와서 응원해 줬었다. 다음 전시에서는 그의 행복했던 순간이 담긴 그림을 딸들에게 설명해 줄 수 있겠다. 그 시간이 그에게 한 번 더 행복을 곱씹으며 의미 있는 시간이 되기를 바란다.

당신의 행복이 궁금해요

가족이 온전히 모인
카페 정원에서 여유로운 행복

⟨One fine day with my family⟩, 2024

기억에 남는 행복의 순간들

♧ 결혼하고 생활하면서 차차 저축하고 살림을 늘리면서 집도 장만 하고 늘려 갔던 일.

♧ 첫 아이(현주)를 낳고 기르면서 아기의 걸음마와 말을 배워 가며 그림을 그리면서 재롱을 피우던 일. 둘째(상우)를 낳고 서로 남매 가 커 가는 과정. 같이 외식하면서 잘 먹고 크는 과정.

♧ 회사를 만들고 점점 성장하며 매출이 늘어 가는 재미. 어려운 과 정을 거쳐 영업 실적을 키웠던 일. 같이 창업하면서 같이 일하는 동반자들과의 화합. 직원들과의 회식 및 야유회. 외국 거래처와 의 30년의 신뢰와 이해.

♧ 가족과의 여행, 부부간 해외여행.

♧ 손주들과의 만남. 손주들의 탄생과 재롱. 자식 키울 때보다 더 여 유 있게 바라보고 사랑을 부담 없이 줄 수 있다는 점.

당신의 행복이 궁금해요

자식, 손주들이 모두 모인 날 여유로운 행복

　그중에서도 가장 행복했던 순간은 얼마 전 교외 한식당에서 점심 먹고 카페에서 가족 10명의 완전체가 커피와 음료수 먹으며 즐길 때였다. 3월 말의 따스한 봄날에 식당 앞에 있는 개울에서 손주들이 개구리알과 도롱뇽알을 집어 들며 좋아하고, 손녀딸은 공주 옷을 입고 오빠들을 쫓아다니는 모습들. 어른들은 커피와 음료수를 마시며 한가한 담소를 나누고, 네 아이들은 저희끼리 잔디밭을 뛰어다니고, 첫째 손주가 아빠, 엄마와 삼촌과 배드민턴을 치며 공을 쫓아다니는 모습. 둘째, 셋

째는 정원석을 건너다니며 서로 겨루며 양보하는 모습. 막내는 오빠들 사이에서 뛰어노는 모습들이 '내가 여태까지 지켜봐 온 우리 가족들이구나.' 이런 것이 진정한 행복이라는 생각이 들었다.

그때의 최선을 다하는 노력

행복을 위해서 내가 한 특별한 노력이 있을까? 하루하루 살기 위해 직장에서 사업을 창업하면서 자식들을 키우면서 열심히 게으름 피우지 않고 그때그때 최선을 다하기 위해 노력했다. 무엇이, 어떻게 살아가는 것이 가장 좋은지 생각하면서 결정하다 보면 행복은 자연스럽게 찾아온다는 걸 깨닫게 되었다.

추구하는 행복은 부부간의 신뢰와 믿음. 나이 들고 늙어 가면서 가장 필요한 행복의 조건은 부부간의 사랑과 믿음일 것이다.

♧

아버지는 나에게 많은 부분에서 본보기가 되어 주셨다. 당신의 삶과 다른 사람들을 대하는 태도나, 가족을 이끌어 가는 책임감 있는 모습까지. 이번 인터뷰를 질문 드렸을 때 아버지는 종이에 자필로 행복한 순간들을 적어서 나에게 주셨다.

그 종이 안에 아버지의 70년 인생이 고스란히 담긴 듯하여 글을 읽으며 가슴이 먹먹해졌다.

더 감사한 것은 적어 주신 그 행복한 순간들에 거의 모두 내가 함께했다는 것이다. 부모가 되고 나서야 보이는 부모님의 사랑과 수고와 희생이 있다. 그 사랑을 받은 그대로 보답할 길은 없음을 알기에, 내가 할 수 있는 방식으로 최선을 다 해야겠다 다짐했다. 나의 가족과 아이들과 더 행복하게 지내고, 부모님과 함께하는 시간을 지금처럼 많이 갖는 것. 그것이 최선의 보답이리라. 내가 아이들에게 바라는 것이 그것이듯.

아버지가 꼽았던 행복한 순간을 그리며, 너른 캔버스를 푸르른 잔디와 꽃으로 채우고 우리 가족들을 그리며 벅차게 감사했다. 부모님의 노력으로 나와 동생이 각자의 가족을 만들고, 또 부모가 되어 다 같이 모여 행복한 시간을 가질 수 있는 것에 감사하고 또 감사했다.

앞으로 이런 시간들이 더 많아질 것을 알기에 행복할 따름이다.

당연한 것이 없음을 알며
무탈한 하루를 보내는 행복

오늘도 무탈함에 감사하며 느끼는 행복

사우나에서 명상할 때 가장 행복함을 느낀다.

나 자신만을 위한 행복보다는 엄마로서의 행복이 80% 이상이다.

매일 하루를 마무리하며 하는 기도는 오늘도 무탈했음을 감사하는 기도이다. 무탈한 것이 당연하지 않음을 알기에.

이런 무탈함에 감사하게 된 이유는 두 아이 이전에 두 번의 사산이 있었기 때문이다. 그 경험을 통해 지금의 모든 것이 얼마나 감사한 일인지 배웠다.

힘든 시기를 명상으로 치유했고, 매일 내려놓고 비우려고 노력하는 중이다. 요즘은 다시 욕심이 생기는 중이지만 이 역시 할 만큼 한 후에 다시 비우는 시기가 올 거라 생각된다.

아이들에게 소리 지른 것에 미안해하고, 아이들이 아프지 않고 잘 자는 것에 감사하지만, 다음 날 다시 또 소리치고 미안한 마음이 생긴다. 일상의 반복 속에서도 하루의 마무리는 반성과 감사이다.

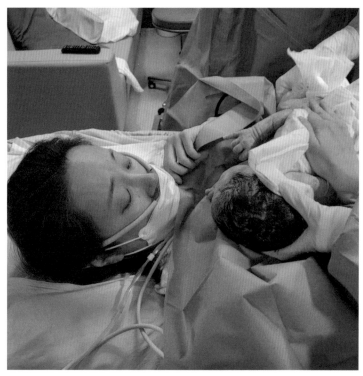

당신의 행복이 궁금해요

지금으로도 충분하다

남편과 이야기 중에, 2024년 새해 목표를 묻는 질문에 욕심 없이 지금으로도 충분하다고 대답했다.

남편에게는 안일하고 무기력한 사람으로 비칠 수 있겠지만, 이렇게 아이들이 잘 자라고 있고, 모두가 건강하게 집에 돌아와 하루를 마감하는 것이, 얼마나 귀한 행복인지 알기 때문에 난 지금으로 충분하다.

♧

'지금으로 충분하다.' 이 말 안에 얼마나 많은 이야기들이 담겨 있는지 그녀와 인터뷰를 통해서 알았다. 소중한 존재를 두 번이나 잃었던, 그녀의 삶 안에 담겨 있는 희로애락이 그 말 한마디에서 묵직하게 느껴졌다.

빛은 어둠 사이를 뚫고 나와 우리가 볼 수 있듯이, 무탈한 것이 행복임을 아는 것은 남모를 아픔이 있었기에 가능한 것이었다.

아픔을 통해 일상의 소중함을 알게 되었으니, 매 순간의 행복을 깊이 느낄 수 있으리라. 반성과 감사로 하루를 마무리하는 그녀의 매일에 무탈한 행복과 함께 충만한 행복이 더해지길 바래 본다.

공무원 시험 최종 합격 문자를
받은 날 결실의 행복

최종 합격 문자를 받은 결실의 행복

엄마, 동생과 거실에서 티브이를 보며 이른 저녁을 먹고 있었다. 18시에 최종 합격 문자가 오는 걸로 알고 있었고, 30분 전부터 긴장돼서 밥을 먹으면서도 계속 핸드폰만 힐끔거렸다. 17시 59분에 문자 알림에 확인해 보니 합격 발표 문자였다. 만세를 하면서 '나 합격!'이라고 울먹이면서 말하자, 엄마도 눈물을 글썽거리시며 일어나서 나를 안아 주셨고, 둘이 방방 뛰면서 빙글빙글 돌았다.

조금 뒤 진정하고 밥을 먹는데 아빠가 퇴근하시고 케이크를 사 오셨다. 그날은 엄마 생신이었다. 엄마께선 촛불을 부시며 오늘이 가장 행복한 날이라고 하셨고 나에게도 가장 행복한 순간으로 기억에 남았다.

합격을 위한 노력은 말로 다 할 수 없다. 전년도의 면접에서 탈락한 터라 극도의 불안함이 있었고, 몇 달 동안 하루 종일 공부하느라 몸도 다 망가지고, 친구 관계도 많이 틀어졌다. 돈 벌어야 하는 때에 독서실에만 있으니, 부모님께도 죄송했다.

내가 바라는 모두의 행복

바라는 행복이 있다면 모두가 안 좋은 일들은 금방 잊고 행복한 일만 기억하기를 바란다. 가족이 서로 다투지 않고, 다투더라도 누구의 마음도 상하지 않고, 잘 해결되어 더 좋은 관계가 되었으면 좋겠다.

♧

목표한 것을 이룰 때의 행복은 특별하다. 준비했던 기간이 길면 그 행복은 배가 되기도 한다.

스스로 하기로 한 목표를 달성했을 때의 성취감은, 매슬로우의 설명이 아니더라도 모든 욕구 중 최상위의 것이라는 걸, 성취한 경험이 있다면 쉽게 알 수 있다. 그 목표 달성을 사랑하는 가족과 함께 나누며 같이 기뻐한다면, 그보다 큰 행복은 찾기 힘들다.

그녀가 이룬 성취가 엄마 생신에 큰 선물이 되었으니, 가족의 소중함을 생각하는 그녀가 바라는 행복 역시, 가족 모두의 행복으로 연장되는 느낌이었다.

　가족이 모두 화목하게 좋은 관계이길 바라는 마음. 그 따스한 마음처럼 모두가 행복하길. 그녀가 행복하면 가족들도 행복할 것이라고 말해 주고 싶다. 그녀의 합격 소식에 온 가족이 함께 행복했던 것처럼 말이다.

자연 속에서 가족과 함께
산책하며 즐겁게 웃는 행복

겹겹이 더해지는 행복의 깊이

인생에서 행복했던 순간을 떠올리면 장면처럼 스치는 순간들이 있다. 그 공통점을 찾아보면 여행을 가서 혹은 자연 속에서 가족과 함께 경치를 본 순간들이 떠오른다.

순간순간 다르게 행복했고, 그 나이에 가지고 있었던 시선 안에서 행복했는데, 결혼하고 아이를 낳고 기르면서 행복한 순간에 대한 느낌이 겹겹이 더해져 나이가 들수록 행복이 더 깊어진다.

내게 행복은 현재 진행형이고, 지금 떠오른 가장 최근의 행복한 순간은 가족끼리 산책하며 즐겁게 웃었던 그 순간이다.

♣

    현재 진행형인 행복. 현재 진행되고 있고, 아직 끝나지 않았다니, 이보다 더 좋을 수 있을까? 순간순간 다르게 행복했고 그때마다 그 시선 안에서 다채로운 그녀의 행복이 나에게도 전해져서 함께 그 행복의 빛 안에 머물렀다.

    이 글을 읽는 분들도 자신의 기억 속 행복한 장면들이 스쳐 지나가고 있기를 바란다.

    행복의 깊이를 잴 수는 없지만, 행복한 순간들을 헤아려 볼 수 있다. 그 순간들이 셀 수 없이 많아질 때, 그때가 아마 행복의 깊이가 제일 깊은 순간이 아닐까?

가족과 손주들을 아낌없이
사랑할 때 느끼는 큰 행복

아낌없이 사랑할 때가 가장 큰 행복

가족과 함께할 때.

여행을 하며 자연의 경이로움과 하나 될 때.

친구들과 함께할 때.

명상으로 고요할 때.

그중에서도 아낌없이 사랑할 때가 가장 큰 행복이다. 손주들에 대한 사랑. 살신성인, 무연자비(無緣慈悲), 동체대비(同體大悲)가 그것.

♧

아버님이 손주들과 함께하는 모습을 보면서 순수한 교감과 소통이 얼마나 큰 사랑인지 배웠다. 어릴 적부터 조부모님과 살가운 아이들이 참 부러웠다. 나는 굉장히 예의 바른 손녀딸이어서 아주 어릴 때를 지난 후로는, 응석을 부린다거나 달려가서 안기거나 하지 못했다. 그렇게 하고 싶었지만 괜히 혼자 조부모님을 어려워했던 기억이 있다.

내가 그리는 이상적인 할아버지의 모습이 딱 아버님의 모습이었다. 아이들과 허물없이 놀아 주시며, 사랑을 많이 주시는 모습. 그 모습에서 많은 걸 배우고 또 어릴 적에 받지 못한 조부모님으로부터의 애정 표현을 이제서야 간접적으로 받는 듯한 느낌이다.

그래서 아낌없이 사랑할 때의 행복을 가르쳐 주신 아버님께 감사하다. 그 모습을 보며 나도 아이들에게, 또 다른 이들에게, 아낌없이 사랑을 주는 사람이 되고 있다.

사랑은 할 때보다 줄 때 더 행복함을, 아이들을 통해 또 아버님을 통해 알았다.

행복 24 - 최훈동

60번째 생일을 기념한
딸의 서프라이즈 여행에서의 행복

딸이 선물한 뜻밖의 환갑 여행

내 인생에서 가장 행복한 순간은 환갑 생일에 딸과 함께 캘리포니아에 있는 아들의 집으로 간 다음, 미국 영화에서처럼 66번 도로를 타고 라스베이거스로 떠난 즉흥 여행이었다. 라스베이거스에서 가장 오래 된 스테이크 집에서 나의 60번째 생일을 축하하는 저녁 식사를 했다.

파리-뉴욕-샌디에이고 여행은 충분히 길었다. 딸의 깜짝 생일 선물 로 다 같이 라스베이거스까지 여행하게 되었다.

나는 지금 내 행복을 아이들과 함께 계획하고 있다. 1년 동안 아들이 있는 서울과, 딸이 있는 브루클린에 번갈아 머물며 자녀들과 손주들과 함께할 예정이다.

운명의 상대를 기다리며

실의에 빠진 후에 나는 남은 삶 동안 운명적으로 함께 할 영혼의 동 반자를 기다리고 있다. 지금은 아이들을 위해 살면서 내 삶을 꾸려 나 가고 있다. 하지만 언제가 내게 올 운명의 상대를 위해, 마음의 한편에 그녀를 위한 공간을 마련해 두고 있다.

♧

레제크 씨는 나의 첫 해외 전시를 니스에서 열 수 있게 도와주신 챠 이콥스키 갤러리 관장님이다. 내게는 아주 소중한 인연이다. 한국을 무 척 사랑하시고 아드님과 손녀가 서울에 계신다. 이번 봄에 서울에 오셔서, 한국에서 유럽 작가들의 작품들로 전시를 처음 갖기도 하셨다.

자녀에 대한 깊은 사랑은 그와 이야기를 시작하자마자 느낄 수 있었다. 전시를 위해 미팅을 진행할 때 내가 서울에 산다고 말하자마자 아드님 이야기를 한참 하셨고, 지난 전시회 때 니스에서도 손녀딸 자랑을 한참 하셨다.

그런 자녀들과 함께 60번째 생일을 기념한 서프라이즈 여행이라니 얼마나 행복하셨을까? 장소가 어디든 사랑하는 가족과 함께이셨기에, 제일 행복했던 순간으로 꼽으셨을 것이다.

1년 중 3분의 1을 아드님과 서울에서, 3분의 1을 따님이 계신 브루클린에서, 나머지는 조국인 폴란드에서 보내시는 그에게 남은 인생을 더 행복으로 함께 채워 나갈 반려자가 곧 생기길. 서울이나 브루클린에서 혹은 전혀 예상치 못한 곳에 그분과의 운명적인 만남이 이뤄질 거라 믿는다.

함께 만들어 가는 행복은 더 풍성할 테니.

가족과 함께 베네치아에서 맞은
특별한 생일날 행복

베네치아에서의 특별한 생일

2023년 생일을 가족들과 이탈리아 베네치아에서 맞이했다.

호텔 창가 바로 앞에 펼쳐진 베네치아 강, 곤돌라가 유유자적 지나가는 아름다운 곳이었다. 신랑이 아침 일찍 몰래 나가서 싱그러운 꽃다발과 달콤한 케이크를 서프라이즈로 사 왔다. 아이들은 생일 축하 노래를 불러 주었고, 이보다 더한 행복이 있을까 생각이 들 정도로, 특별한 장소에서 가족과 함께 보낸 생일이 가장 행복했다.

작년 초 신랑이 개인적으로 힘들어하던 시기에, 내가 곁에서 힘이 되어 주고 싶었다. 그래서 대화도 많이 하고, 이야기를 많이 들어 주고, 격려를 해 주었다. 그렇게 또 한 번 어려움을 극복하고, 한 달 만에 준비해서 즉흥적으로 떠난 이탈리아 여행에서 가족의 소중함을 다시 한번 느꼈다.

지금 바로 여기 + 가화만사성

내게는 지금 바로 여기 현재를 가족들과 함께 행복하게 보내는 게 삶을 가치 있게 사는 것이다.

행복한 삶의 단단한 중심은 나로부터 시작된다고 생각하기 때문이다.

그리고 소중한 가족을 다정하게 아끼고 사랑하는 것.

한 번뿐인 인생 행복한 삶을 누리며 살자.

행복 26 - 김현정

♣

　그녀는 나와 하와이 교환 학생 시절부터 함께였던 오랜 친구이다. 영혼의 친구라고 부를 만큼 많은 것을 함께 나누며 돕고 같이 성장하고 서로를 진심으로 응원하는 든든한 사이.

　어릴 적 친구는 함께 추억을 간직하기에 오래 가지만, 이 친구는 과거만 나누는 것이 아닌 현재와 미래를 함께 나누기에 더 특별한 친구이다. 그런 친구의 행복한 순간을 인터뷰할 수 있음에 감사했고, 행복한 삶의 단단한 중심이 나로부터 시작된다는 말에 내가 요즘 느끼는 생각과 꼭 닮아 있어 새삼 신기했다.

　매일 함께하며 행복한 가족이지만, 생일에 멋진 베네치아에서 시간을 보내면 모든 일상이 특별한 영화가 된다. 그녀의 많은 행복 중 조금 더 특별한 순간을 들여다보며 나도 행복했다.

　어려움을 함께 극복하는 부부의 모습도, 잘 자라는 아이들의 모습도, 다 대단하고 자랑스럽다.

고층 집으로 이사 가고
손주들이 늘어날 때의 행복

인생에서 행복했던 순간들

결혼하고 인천에서 교편을 잡던 내가 육아 문제로 퇴직을 하고 서울로 이사를 했다. 아이들은 건강하고 밝게 잘 자라고 있을 때 서울 초등교사 순위고사가 있어서 다시 교직을 갖게 되었다. 40대 초반인 남편은 회사를 나와 사업을 시작하여 올해로 창립 30여년을 맞이하고 있다. 그동안 두 아이는 대학진학, 취업, 결혼을 하고 각자 두 자녀의 엄마, 아빠가 되었다.

내가 바라는 행복

나는 자존감이 크고, 나 스스로에게 최선을 다해서 잘 살아 보려고 노력하고 있다. 딸에게 선물 받은 책을 읽고 나를 많이 다독이며 끌어안으며, 후회 없는 삶을 살려고 노력하고 있다. 부부가 서로에게 최선을 다하며 살 것이고, 부모로서 아이들에게 있는 사랑을 다할 것이며, 내 주위 친척, 친구들에게도 부끄럽지 않은 멋진 여인으로 기억되려고 노력한다.

앞으로 더 바라는 행복이 뭐냐고 묻는다면, 우리 세 가정이 행복한 가운데 4명의 손주들이 그들 각자의 멋진 꿈을 펼치며 신나게 살아가길 바란다. 우리 부부도 지금까지 잘 살아온 것처럼 계속 전진할 것이다.

♧

지난 2023년 봄에 첫 개인전을 하고 8월에 니스에서 첫 해외 전시를 했다. 그 전시를 엄마와 나 단둘이 여행처럼 다녀왔다. 엄마와 둘만의 첫 여행이자 해외여행이 나의 첫 해외 전시였다. 모든 것의 처음은 특별하지만, 이번 여행은 무엇보다 특별할 수밖에 없었다. 일주일의 여행 기간 동안 우리는 많은 이야기를 나누며 서로 몰랐던 추억과 생각에 대해 알았다.

대화를 하면 할수록 나의 좋은 점들은 다 엄마에게서 물려받은 것들이었다. 엄마의 행복한 순간들 사이에 숨겨져 있는 많은 노력과 책임감들을 어릴 때부터 옆에서 많이 배웠다.

내가 엄마의 딸이라는 사실이 참 감사하다. 지금의 나는 모두 엄마 덕분에 있으니. 이미 엄마는 지금으로도 충분하다고, 나의 엄마여서 참 감사하다고 말씀드리고 싶다.

휴식 속에서
아이들과 함께 놀 때의 행복

삶의 기본값이 행복

항상 행복하다. 휴일에 아이들과 놀 때 행복하다.

♣

항상 행복하단 말을 들으며, '아! 내가 참 대단한 사람과 함께하고 있구나.' 하는 생각이 들었다. 감정 기복이 큰 나와는 달리, 그는 항상 차분하고 이성적이었다. 내가 갖지 않은 부분을 많이 갖고 있는 남편이 부럽기도 하고 멋져 보였다. 그리고 부부로 함께 시간을 보낼수록 그런 점들이 나에게 힘이 되고, 위로가 되는 순간들이 많아졌다.

모든 순간을 행복으로 보내고 있는 그와 아이들을 함께 키운 덕분에 아이들은 아빠를 세상에서 가장 멋지고 사랑하는 사람으로 꼽는다. 아침마다 아빠를 찾으며, 아빠가 없는 사실에 우는 아이를 보며, 그가 얼마나 좋은 아빠인지 느낀다.

누구보다 가족을 항상 우선시하는 사람과 인생을 함께 하며 부모로서 아이들을 함께 키울 수 있다는 건 행운이다.

결혼을 하기 전에 나는 부모님이 키워 주셨지만, 결혼 후에 나는 그가 성장시켰다. 지금 내가 원하는 것을 마음껏 할 수 있는 것도 남편의 아낌없는 지원이 있었기 때문이다. 부정적인 표현을 하거나 어려움을 내색하지 않고, 항상 그 자리에서 응원해 주는 남편에게 감사할 따름이다.

수영하고 놀다가 잠들었을 때의
포근한 행복

따뜻한 수영장에서 수영하다가 잠들었을 때. 물이 너무 포근했다.
오늘 학교에서 마술 수업 처음 했을 때 행복했다.

♣

아이들의 행복은 머나먼 과거의 일이 아니다. 그들은 늘 행복 안에서 살고 있기 때문이다. 오늘 행복했던 일을 말하는 아이를 보고 행복을 배웠다. 크기를 가늠하지 않는 행복이 진짜라는 생각을 했다.

그 순간 나의 인터뷰 질문이 잘못되었다는 것도 깨달았다. 나는 사람들에게 '가장' 행복한 순간을 물었다. 하지만 '가장'일 필요가 없었다. 그 냥 행복한 순간이면 충분한 것이니.

마술 수업을 처음 들었던 날, 새로운 것을 배웠을 때의 행복과 수영 하다 잠든 물의 포근함의 행복. 일상에서의 행복을 말하는 아이. 항상 아이는 나에게 많은 것을 가르쳐 주는 스승이다. 엄마가 되고 나서 나 는 삶을 다시 배웠다. 이번에도 내가 무심코 지나치던 다양한 행복의 모습을 알려 준 아이에게 고맙다고 말해야겠다.

신나게 가족들과 놀 때의 행복

부산에서 게임기 있는 집에 갔을 때 너무 재미있어서 행복했다.

오늘 엄마가 무섭게 혼내며 말하지 않고, 나를 잡고 재미있게 말하기로 약속했을 때 행복했다.

♣

여행에서의 경험이 아이들에게 행복한 감정으로 남는다는 걸 아이들과의 이야기를 통해 많이 느낀다. 어릴 때 기억이 모두 날아간다고 어른들은 말하지만, 그들의 기억에는 모두 행복한 감정으로 남아 있다는 걸 믿게 되었다.

아이가 부산에 갔다가 오랜만에 만난 사촌들과 가족이 다 같이 놀러가 여행 내내 행복해하며 너무 즐겁게 놀았다. 게임을 같이 하며, 좋아하는 형, 누나들과 며칠을 놀았으니, 행복할 수밖에 없었다. 행복할 수밖에 없는 시간들. 그 시간들이 아이들에게는 감정 자산이 될 것이다. 힘들 때 꺼내서 쓸 수 있는.

그리고 엄마인 내가 무섭게 혼내지 않고 재미있게 말했을 때 행복하다는 아이의 말에 가슴이 저릿했다.

내가 화낼 때마다 그 순간이 아이에게 얼마나 큰 두려움과 슬픔이 되었을지 말해 준 것이나 다름없었다. 그리고 화가 아닌 재미있게 유머로 풀었을 때, 아이의 안도와 행복도 같이 느껴졌다.

수십 권의 육아 서적보다 아이의 이 한마디가 나에게는 큰 가르침으로 다가왔다. 그 이후로 나는 화가 날 때, 아이를 웃기며 부드럽게 상황을 풀어나가는 연습 중이다. 아이와 관계는 이전보다 더없이 좋아지고 우리는 더욱 행복해졌다.

한 번뿐인
프러포즈를 받았을 때의 행복

인생의 반쪽이 프러포즈한 날

인생에서 한 번뿐인 결혼 프러포즈를 받았을 때가 가장 행복했던 순간이라고 얘기하고 싶다.

화려하지는 않았지만, 내가 제일 좋아하는 양양 죽도해변, 보름달에 환했던 아름다운 밤에, 남자 친구는 수줍게 반지를 꺼내어, 'Will you marry me?'라고 물었다.

남자 친구가 무엇을 얘기하고 싶은지 자꾸 꾸물거리길래 순간적으로 무언가 고백할 것이 있나 보다 했지만, 그것이 프러포즈인지는 상상하지 못했다.

우리는 이미 결혼을 약속하였기에 크게 놀라지는 않았지만, 양양에서 할 줄은 몰랐다. 그때의 프러포즈 반지가 내 손에 끼어져 있어서 그날이 항상 기억나고, 이제 내 남자이자 남편인 아담과 남은 삶을 함께하고 싶다.

나는 영어를 본격적으로 공부하기 위해, 30대 초반 영국으로 건너가 2년이라는 시간을 보냈다. 커리어를 위해 선택한 유학의 길이었지만, 그곳에서 새로운 세상을 경험하였고, 내 취향과 생각 또한 많이 달라졌다. 미래의 남편에 대한 이상형도 많이 바뀌어, 한국 사람보다는 외국

남자를 선호하게 되었다.

한국으로 돌아와서도 그 취향은 변하지 않았기에 영어를 계속 공부하며 적극적으로 이상형을 찾았고, 드디어 나의 반쪽을 만났다. 저 멀리 미국에서 온 나의 반쪽을 위해, 지금도 영어의 끈을 놓지 않고 이어가고 있다. 그리고 나의 반쪽은 열심히 한국어를 공부하고 있다. 우리의 멋진 미래를 위해, 또 서로를 위해, 서로의 언어를 공부하고 있다.

우리는 결혼을 결심하였고 나의 가장 행복했던 순간을 맞이하였다.

이제 인생의 동반자를 만나 더 큰 꿈을 꿀 수 있게 되었다.

2023년 연말, 남자 친구의 가족을 만나기 위해 내 인생 처음으로 미국을 가 보았다. 남자 친구의 고향인 뉴욕에서, 그의 부모님, 여동생 그리고 많은 친척과 인사하였다.

처음으로 뉴욕 땅을 밟았을 때 기분을 잊을 수 없다. 거대한 건물들과 TV에서만 보던 자유의 여신상, 타임스퀘어 눈물이 날 정도로 큰 도시에 압도당하는 기분이었다. 우리의 인생 중 몇 년은 그의 가족이 있는 뉴욕에서도 살아 보기로 약속했다.

하와이에서의 여생을 꿈꾸며

내게는 또 다른 꿈이 있다. 5년 또는 10년 뒤에는 마음껏 서핑할 수 있는, 서핑의 성지 하와이에서 남은 삶을 보내고 싶다. 나의 동반자와 자연의 아름다움이 있는 따뜻한 나라에서 정착하고 사는 것이 내 최종 목표이자 행복이라고 얘기할 수 있다.

새로운 삶과 미래에 대한 기대가 내가 원하는 행복이고 추구하는 바이다.

♧

사랑하는 사람과의 새로운 시작 앞에서의 행복. 그 크기가 얼마나 클지 상상이 되지 않는다.

그녀는 나의 첫 직장 사수였다. 일찍 직장생활을 시작해서 나보다 훨씬 능숙한 전문가였다. 무엇보다 그녀는 자신의 일을 사랑했다. 그녀와 함께하며 직장생활을 한 덕분에 일을 즐기며 사랑하는 자세를 자연스레 배웠다.

나는 이제 다른 길을 가고 있지만, 여전히 그녀는 필드에서 프로패셔널하게 일하고 있다.

틀에 박히지 않는 자유로운 그녀에게 외국은 딱 맞아 보였다.
그런 그녀가 인생의 동반자를 찾았다니, 나 역시 너무 행복했다. 글을 쓰는 시점에서 이제 주말이면 그녀의 결혼식이다.

자신답게 멋진 결혼식을 준비하고 있는 그녀가 얼마나 행복한 요즘을 보낼지 눈앞에 선하다. 인생을 서핑처럼 즐기며 파트너와 행복하게 나아갈 그녀에게 박수를 보내며, 같이 만들어 나갈 찬란한 미래를 응원한다.

온전한 나 혼자만의 행복

정신적으로도 육체적으로 힘들지 않은 행복

추구하는 행복은 정신적으로 힘들지 않고, 육체적으로 힘들지 않은 것이다. 정신적으로 힘들지 않은 것은 그림과 운동이고, 육체적으로 힘들지 않은 것은 소위 말하는 덕질이다.

그런데 요즘은 이마저도 권태기처럼 의욕이 사라진 상태다.

주부로의 삶이 아닌 온전한 나로의 시간이 필요하고, 그 시간에 행복을 느낀다. 한 가지 취미만으로는 채워지지 않는 갈증이 있는 느낌이 든다.

온전히 혼자인 시간

주체적인 삶을 원한다. 내가 먹고 싶을 때 먹고, 자고 싶을 때 자고, 마시고 싶을 때 마시는 것이 오랫동안 되지 않아서 힘든 상태이다. 아이와 가족을 돌보면서 계속 그들의 생활에 맞춰서 모든 일상과 생활을 지내다 보니, 온전히 혼자인 시간이 너무 필요하다고 느낀다.

요즘은 특히나 코로나 이후 가족과 너무 붙어 있는 시간이 길어 숨막히게 느껴지는 정도이다.

약속이 있어서 밖에 나와 있어도, 집에 가서 다시 챙겨야 할 것을 생각하느라 온전히 밖에 있는 시간을 즐기지 못하고 마음에 불편함이 있다.

챙겨야 할 사람 없이 혼자만의 자유로운 시간을 갖고 싶다.

♣

함께 한 시간이 벌써 20년이 훌쩍 넘은 나의 오랜 친구. 자주 연락하지 않아도 항상 한결같이 마음을 나눌 수 있는 소중한 친구이다. 그녀와 전화 인터뷰를 하는데 행복한 순간이 없다는 말을 듣고 바로 만나기로 했다.

자신만의 시간이 없는 일상에서 지쳐 보이는 친구가 많이 안타까웠다. 주체적인 삶을 원하고, 그 안에서의 자유를 무척 그리워하고 있었다.

행복이 주체적인 자유와 깊이 연결되어 있음을 그녀와의 인터뷰를 통해 알았다. 코로나로 외부와는 더 단절된 채, 일상만을 지내야 했던 시간이 쌓여서 힘들어하고 있었다.

정신적으로나 육체적으로 힘들지 않은 것들을 하며 행복했었는데 이제는 그마저 예전보다 즐겁지 않다고 하는 그녀에게, 무슨 이야기를 해 주면 좋을까 고민했다.

모든 것은 지나간다는 것. 즐거운 시기가 있으면 그렇지 않은 시기가 분명히 존재한다는 것.

혼자 힘들어하기보단 자신의 상태를 주변에 있는 그대로 말하고 함께 방법을 찾아 나가면 좋겠다. 혼자일 수 있는 시간을 5분, 10분이라도 확보해서 하루라는 일상 안에 그녀만의 행복을 만들어 가길 진심으로 바란다.

감정은 전염되므로, 그녀가 조금 더 행복해지면 나를 포함한 모두가 더 행복해질 것이 분명하니까.

첫 전시회에서 그림을 걸던
꿈이 이뤄진 날의 행복

오래 꿈꾸던 첫 전시에 내 그림이 걸리던 순간

사실 행복이라는 건 너무 거창하고 대단해서 머나먼 곳에 있는 것만 같다. 왠지 지금의 나는 가질 수 없고, 미래에 열심히 노력해야 가질 수 있을 것만 같은 그런 것. 그래서 실제로 행복이 무엇인지 고민하고, 책도 찾아서 읽어 보기도 했고, 주변 사람들에게도 행복이 무엇인 것 같냐고 물어보기도 했던 것 같다.

그러다 이번 인터뷰를 계기로 제일 행복했던 순간을, 생각을 해 보게 되었다.

아무래도 최근의 행복했던 순간의 기억이 먼저 튀어 올랐다. 올해 1

월 첫 전시회를 준비하며 전시장 벽에 그림을 걸던 전시 오픈 하루 전날. 전시장 벽에 작품을 배치하며 새하얀 벽에 그림이 턱 걸리는 순간, 말할 수 없는 뿌듯함과 벅찬 감정이 올라왔다.

그동안의 여정이 머릿속에 스쳐 지나가면서 그럼에도 해냈다는 마음과, 형체가 없었던 나의 메시지가 시각화되어 캔버스에 옮겨졌다는 마음이 내게는 큰 행복감을 안겨 주었다. 아마도 나는 성취감이 곧 행복감으로 이어지는 사람 같다.

나이가 들면 들수록 내가 느끼는 감정과 생각들을 다 표출하고 살 수는 없다고 생각한다. 하지만 이 생각들을 그냥 흘려서 사라지는 것이 아니라 기록으로 남겨 비슷한 생각, 비슷한 고민을 한 사람들과 공감하고 소통하고 싶다는 생각에서 그림을 그리게 되었다.

하지만 한 번도 내 생각을 그림으로 표현해 본 적이 없던 나에게는 막막했던 일이었다. 네이버에 무작정 '작가 되는 법, 전시하는 법'이라고 검색도 해 보고, 인스타그램에 '첫 전시' 키워드로 검색도 해 봤다. 검색 끝에 연합으로 전시를 할 수 있는 곳을 찾게 되고, 비슷한 단계에 있는 분들과 모여서 그림을 그리기 시작했다.

전시라는 공동의 목표를 가지고 마감 기한이 생기니, 그때부터는 목적을 향해서 전진하게 되었다. 퇴근 후의 시간과 주말 동안 그림 그리는 것에 모든 시간을 썼다. 전업 작가가 아니다 보니 시간이 넉넉지 않았다. 작품 구상을 위한 시간조차 쉽게 허락되지 않아서 아침에 조금 더 일찍 일어나 출근 전 다이어리에 끄적끄적해 보고, 작품 구상도 하고, 참조도 찾아보았다. 솔직히 그 모든 시간이 다 행복했다고 할 순 없지만, 노력하고 참아 냈던 시간이 있기에 결과가 더욱 달콤했던 것 같다.

더 커다란 꿈을 꾸기 위한 도약

현재는 시간의 자유와 공간의 자유를 갈망하고 있는 상태이다. 불과 1년 전까지만 해도 9 to 6가 당연하고, 주말에 알차고 재미있게 노는 것을 기다리며, 주중을 그럭저럭 열심히 살아오는 대한민국 직장인 일개미의 라이프를 제법 성실하고 열심히 해내고 있었다. 그러다 우연히 책 한 권을 계기로 평소보다 조금 일찍 아침에 눈을 뜨고, 책을 읽고, 운동을 하기 시작하면서, 출근 전 나에게 주어진 2시간 정도의 시간이 정말 귀하게 느껴졌다.

양질의 시간으로 하루를 시작하는 기쁨을 알게 되고, 나를 위한 시간이 스스로를 성장시키고 있다는 마음의 확신이 들면서, 이런 시간이 하루 종일 나에게 허락된다면 더 커다란 꿈을 꿀 수 있다는 생각을 갖게 되었다. 그래서 나의 취향들로 꾸며진 나만의 공간에서 해야 하는 일의 양과 시간을 조절할 수 있는 삶이, 진정으로 내가 꿈꾸고 있는 행복이라고 정의했다. 현재는 그 행복, 그러니까 퇴사를 위해 준비하고 있다.

♣

그녀와는 SNS로 처음 인연이 닿아, 나의 첫 개인전에 있었던 원데이 클래스로 만난 사이다. 그림을 그리고 싶어서 나의 첫 전시에 와 주신 특별한 분. 어머님과 함께 오셔서 나의 그림 설명과 이야기를 귀 기울여 들어 주시던 그 모습이 너무 생생하게 남아 있다.

그런 그녀가 그림을 그리고 첫 전시를 하셨다. 그 행복의 순간이 내게도 똑같이 전해졌다. 상세하게 알려 주신 전시 준비의 과정과 감정들이, 나의 첫 전시 때와 너무 닮아 있어서 더욱 뭉클하게 다가왔다.

직장을 다니며, 그림을 그리고, 전시를 준비하는 것은 보통의 의지와 노력으로는 불가하다. 그녀의 꿈이 얼마나 간절했는지 느껴져서 같이 벅참을 느꼈다.

나를 위한 시간이 스스로를 성장시키고 있다는 표현이 마음에 콕 와서 박혔다. 나도 그 시간들로 성장해 왔고 행복했기 때문에, 그녀의 행복이 앞으로 얼마나 더 클지도 감히 장담할 수 있을 것 같다.

더 그녀다운 꿈으로 도약하며 멋지게 날아오르는 모습을 마음 담아 응원한다.

생각과 내면을 표현하는 순간의
희열이 담긴 행복

감사할 수 있는 순간이 행복

행복은 만족하고도 연결된다고 생각하는데, 지금까지는 충만한 만족감을 얻은 적이 별로 없는 것 같다. 욕심이 많은 건지 최선을 다한 적이 없다고 생각해서 그런 건지……. '행복했던 순간'에 대해 생각하니까, 뭔가 아스라한 아지랑이 혹은 안개 같은 느낌만 떠오른다. 어쩌면 순간의 행복들은 빠르게 사라지고, 결핍의 느낌은 오래도록 이어져서 그럴지도 모르겠다.

오히려 행복에 관한 이 질문으로, '나 지금도 꽤 괜찮은데? 어쩌면 뭔가를 이루려고 하는 그 과정에 충실하다면 굳이 행복감을 밖에서 찾을 필요는 없겠구나. 감사할 수 있는 그 순간이 행복이구나.'라는 생각이 들었다.

내면을 표현하며 순리를 깨달을 때의 환희

질문 덕분에 구체적인 순간을 기억하고 싶어서 좀 더 깊이 사유했는데, 내 생각과 내면을 표현하거나, 삶의 순리를 깨달을 때 희열을 느낀다는 걸 알았다. 책을 읽거나 사유를 하며 앎을 깨달을 때가 있다. 그 순간이 나에겐 환희의 순간이다.

나는 현재에 대한 감사와 만족이 내 행복을 위한 노력이라고 생각하고, 추구하는 행복은 지금, 여기를 충실히 살기 위해 노력하는 것이다. 물론 꿈꾸는 목표가 있지만, 앞만 보고 달리는 것보다 '지금, 여기'가 정말 중요하다고 생각한다.

♣

'지금, 여기'가 중요하다고 말하며 과정에 충실하면 행복을 밖에서 찾을 필요가 없다는 그녀.

모든 것을 깊이 사유하는 분이라서 그런지, 행복에 대한 가르침을 받은 느낌이었다. 그림으로 또 글로 자신의 내면을 표현하는 그녀가, 행복에 대한 깨달음을 전해 주서서 덕분에 나도 더 깊이 생각해 볼 수 있었다.

내가 행복했던 순간도, 다른 사람들이 인정할 법한 결과들을 맺는 순간이 아닌, 그 결과를 맺기 위한 나의 노력들이 빛나는 과정의 순간이었다. 그림을 그리는 과정, 또 전시를 위해 수많은 갤러리에 연락하는 과정, 그 안에서 나와 결이 맞는 갤러리를 만났을 때의 과정, 그 순간들이 '전시'라는 결과보다 더 소중했다.

미래에 얻을 결과를 기대하는 것보단 지금 준비하는 과정에 몰입하는 것이 더 즐거웠고 행복했다. 그녀의 이야기 속에서 나도 행복에 대한 더 깊은 사유를 할 수 있었다.

그녀의 환희의 순간들이 다양한 방법으로 표현되어, 내게 감동을 줄 것을 기대하며 미리 감사를 전한다.

프랑스 전역에서 한 달간 서예
수업을 하며 느낀 모두와
하나 되는 온전한 행복

프랑스에서 한 달간 서예 수업 프로젝트 '봉쥬흐인중'

프랑스에서 한 달 동안의 시간이 제일 행복했던 순간이었다.

원래는 투르라는 한 도시에서만 수업하기로 계획되어 있었는데 투르 한글 학교 교장 선생님 덕분에 프랑스의 9개 도시에 있는 한글 학교와 현지의 초중고등학교에 가게 되었다.

10년 전에 세계 일주를 하며 비슷한 수업을 진행했는데 그때 당시에는 충분하게 느끼지 못한 채로 지나갔다. 여행처럼 즐기지도, 또 수업을 제대로 진행하지 못한 느낌이었는데, 10년 사이에 자신감도 생기고 이 순간을 흘려보내는 것이 아니라 더 온전히 즐기겠다는 마음으로 그 순간을 행복하게 느낄 수 있었다.

함께 간 아홉 살 터울지는 막냇동생도 나의 10년 전과 비슷할 거란 생각에 더 많이 이야기해 주고 함께 즐길 수 있도록 노력했다. 서예가로서도 너무 행복했고, 언니로서도 너무 행복했다.

수업에 참여한 친구들의 작품들을 가지고 돌아가면서 한국 가서 꼭 전시하면 좋겠다고 생각했다. 한국으로 돌아와서 기획한 대로 전시하고 나니 후련하고 뿌듯했다. 전시에서 이 프로젝트 전체의 마침표가 찍히는 순간이었다.

당신의 행복이 궁금해요

사건·사고 속에서도 잊지 않았던 행복

프랑스 수업을 위해 준비를 무척 많이 했고 힘들었지만 그런데도 난 너무 행복했다.

수많은 짐 중에 문방사우가 가장 중요했기에, 그건 무척 무거웠음에도 휴대했다. 다른 것은 다 잃어버려도 이것만큼은 잃어버리면 안 되기에…… 수업을 위한 준비도 많이 했고, 중간중간 사건·사고도 많았다. 기차 시간을 놓쳐서 서울에서 대전 정도쯤의 거리를 택시로 타게 되었는데, 40만 원을 택시비로 지불하고 수업을 갔지만, 그 값을 내고 갈 만했다는 생각이 들었다.

또 동생과 잠시 헤어지고 혼자 영국에서 수업하러 갔었는데, 그동안의 피로와 모든 걸 혼자 다 돌보고 진행해야 한다는 압박 때문에, 목이 붓고 무언가를 삼키기 힘들 정도로 힘들었다. 심리적 압박감이었고 다시 프랑스로 돌아와 동생들을 만나니 그 증상은 사라졌다.

작은 어려움으로 큰 행복까지 오해하지 않기

추구하는 행복이 무엇인지를 묻는 말에 답이 어려웠다. 고민 끝에 내린 답은, 순간순간의 행복함을 다른 힘듦으로 인해 행복하지 않다고 오해하지 않기로 했다.

행복 35 - 이정화

10년 전 세계 일주도 행복했는데 그 과정에서 오는 피곤이나 시차 등의 당연한 힘듦 때문에 여행이 주는 전체의 큰 행복을 조금은 오해했던 것 같다.

그래서 이번 프랑스 프로젝트는 피곤하거나 힘든 순간에도 내내 '지금 난 너무너무 행복한 순간에 있다.'고 나 자신에게 계속 주입했다. 모든 것이 지나면 다 행복하게 기억되기 마련이기에 순간순간 느껴지는 그 행복을 온전히 느끼려고 노력하고 있다.

현재는 프랑스 다녀와서 연결된 분들과 줌으로 서예 수업을 준비하고 있고, 그 역시 행복할 것 같아서 기대하며 열심히 준비하고 있다.

♧

유퀴즈에 출연하신 것을 보고 이미 서예가님이 멋진 분이라는 건 알고 있었다. 하지만 전시를 직접 가 보고, 이야기 나눠 보고, 내가 아는 것보다 더 멋진 분이라는 걸 알았다.

그녀는 내가 니스로 가기 3달 전, 먼저 프랑스의 여러 도시에서 한 달간 서예 수업을 위해 다녀오셨다.

그녀의 프랑스 일정은 SNS 덕분에 생생하게 지켜볼 수 있었고, 그녀의 진심 어린 수업에, 많은 프랑스 친구들이 함께 배우며 기뻐하고 행복해 하는 모습을 보았다. 그녀의 행보는 나에게도 많은 영감을 주었고 힘을 주었다. 그 이야기를 더 세세하게 인터뷰를 통해 들을 수 있어서 감사했다.

과정 중에 있는 당연한 작은 어려움들로 인해서 큰 행복의 순간들을 오해하지 않겠다고 다짐하셨다는 그 말씀에, 큰 울림이 있었다. 처음부터 끝까지 즐겁기만 한 것은 없고, 모든 과정 안에는 어려움이 포함되어 있다. 알에서 나비가 되는 성장 과정에도, 알을 찢고 나오는 고통과 번데기 속에도, 인고의 시간이 필수이듯이 그걸 당연하게 알고 큰 행복을 놓치지 않겠다는 그녀의 말에서 크게 배웠다.

그녀 덕분에 행복 중에 중간에 어려움이 와도 이제는 더 담대하게 인정하고 지나갈 수 있을 것 같다.

버진로드에서 소중한 인연들을
바라보며 느낀 행복

버진로드에서 느낀 행복

최근에 결혼했다!

사실 결혼식에 대해 딱히 큰 로망이랄까 기대감이 없고 의무적으로만 느껴져서 오히려 준비하는 과정에서 꽤 힘들었다.

하지만 결혼식 당일 행진 길 걸으며 하객석을 바라봤을 때 굉장히 벅차올랐다. 결혼했다는 사실보다는 '나를 사랑해 주고 응원해 주는 사람들이 이렇게나 많구나.' 하는 생각과 어렸을 때부터 본 친척과 부모님 친구분들이 '어렸을 때가 엊그제 같은데 언제 이렇게 컸냐?'는 이야기를 들었을 때, 그분들의 세월도 함께 느낄 수가 있어서 마음이 되게 몽글몽글해졌다.

가장 가까운 사람이 딱 한 명만 있어도 성공한 인생이라는데 나는 부모님의 사랑과 가르침 덕분에 이렇게 많은 사람과 마음을 나누며 함께 살고 있다는 것을 느끼게 되었다. 무엇보다 결혼을 하니 너무 행복해하시는 부모님을 바라보며, 괜스레 효도를 한 기분도 느꼈다.

결혼 이후 유연해져 더 행복해진 삶

결혼식을 시점으로 세상을 바라보는 눈과 마음이 많이 달라졌다.

그전에는 예민한 성격 탓에 작은 것에 집착하거나 일방적인 관계에 많이 마음고생을 했었다. 이제는 작은 것에 집착하지 않게 되었고, 주변 지인분들과 좋은 마음을 주고받는 것에 대해 더 큰 가치를 느끼고 있다.

결혼식 이후로 제 인생이 조금 더 유연하고 행복해져서, 이 인터뷰에 참여하는 지금도 아주 행복하다.

결혼을 준비하던 일련의 과정들이 내겐 모두 정말 큰 노력이었다.

각자 부모님께 인사를 드리기 위해 며칠을 고르고 고르던 선물부터, 어떤 모습을 보여 드려야 가장 예쁠지 머리부터 발끝까지 세심하게 신경 쓰던 시간. 결혼 준비와 함께 이직을 하다 보니 시간을 쪼개서 하루하루 바쁘게 준비했던 날들까지. 무엇보다 서로가 가족이 된다는 것에 큰 의미를 두고 심적으로 더 큰 신뢰를 하기 위해 많이 생각하고 대화하고 노력했다.

그래서 결혼식이라는 게 여러모로 의미가 있는 것 같다.

나에게 집중하는 자연스러운 행복

현재는 나 자신에게 초점이 맞춰진 자연스러운 행복을 추구하고, 그 행복을 위해 노력하고 있다. 그동안은 남들이 행복해하는 모습에 나를 희생하며 지내 왔던 날들이 많았다.

이제는 내가 행복한 선 안에서 모든 것들을 자연스럽게 다루고 싶다. 행복이 진짜 별거 없다는 생각이 들었다. 행복의 기준이 법으로 정해져 있는 것도 아니고.

최근에 친구들과 건강한 대화를 하려고 노력한다. 그럴 때마다 각자 추구하는 행복과 취향이 많이 다르다는 것을 느끼면서, 나도 내 취향과 행복을 더 소중하게 여기자고 생각하고 있다.

억지로 끼워서 맞춘 것보다 무엇이든 내 마음 가는 대로 자연스럽게 살면서, 그 안에서 웃음과 안정과 에너지를 얻기 위해 단단한 마음을 만들고 있다.

그녀는 나의 첫 개인전이 열렸던 공간의 담당자님이셨다. 첫 전시 기획 미팅 때부터 너무 마음이 통했던 터라 이후에도 계속 인연을 이어 나가는 분이다.
자신의 일에 있어서 누구보다 열정적이고 책임감 있게 하시는 모습이 너무 멋있는 그녀. 그녀의 결혼식에 나도 참석해서 아름다운 시작을 응원했었다.

인연을 소중히 하는 그녀가 버진로드 위에서 자신의 행복을 빌어 주는 많은 분들을 보며 얼마나 행복했을지 생각하니 나도 같이 감격스러웠다.

남에게 희생을 하던 이전의 모습이 아닌, 이제는 자신에게 집중하는 자연스런 행복을 추구한다는 말에 그녀의 성장이 느껴졌다. 여전히 인연을 소중히 여기지만 자신을 더 아끼는 그녀가 된다는 소식은, 그녀의 결혼 소식만큼 내게 기쁜 일이다.

일출과 함께 만나는
온전한 평온함이 주는 행복

〈Spiritual encounter with sunlight〉, 2024

매일의 기록에서 찾은 행복의 시간

행복한 순간의 사진을 달라는 이야기에 핸드폰을 뒤져 봤는데, 매일 찍은 사진이 두 개가 있었다.

하나는 아침에 자전거를 타고 도는 저수지에서의 일출,

다른 하나는 저녁에 모든 일과를 마치고 창문 너머로 보이는 일몰.

이사 전에 자전거를 타고 돌았던 싱가포르의 저수지. 아이들을 보내고 매일 아침 7시 30분부터 자전거로 큰 저수지를 한 바퀴 돈다.

남편이 한 번도 행복이란 이야기를 해 본 적이 없는데, 매번 새벽에 자전거로 저수지를 돌고 일출을 보며, 행복하다고 느낀다고 해서 놀랐다.

이 저수지는 싱가포르의 도심 느낌도 전혀 나지 않고, 그늘도 하나 없이 땡볕이고, 사람도 전혀 없어서 자전거를 타기 좋은 곳이 아니다.

하지만 흙길이고 넓은 저수지와 해만 볼 수 있어서 오히려 자연과 나만 존재하는 느낌이라 온전히 더 벅차다. 그곳에서 아침마다 일출을 보며 햇빛을 보는 순간, 가슴 깊은 곳에서 자연스레 기도가 나오고 감사가 나온다. 신과 단둘이 만나는 느낌이다. 그렇게 자전거를 타며 자연과 나 자신을 만나고 나면, 마음도 편안해지고 군더더기 없이 깔끔해지는 느낌이다.

행복 37 - 김나현

식구들의 안녕이 곧 행복

그 일출을 보면서 내가 아침에 일찍 일어나 도시락을 잘 썼고, 남편도 건강하게 출근했고, 아이들도 즐겁게 학교에 갔고, 모든 오전 루틴을 마치고, 이렇게 편안하게 온전히 아침을 보내며 성취감으로 시작할 수 있음에 감사했다.

저녁에 항상 식사 후 정리하면서 매일 보는 일몰 사진도, 항상 하루의 끝에서 모두가 무사함에 감사하고, 하루를 또 잘 지나갔다는 안도가 있었다.

행복이 거창한 것이 아니라 소중한 일상과 식구들의 안녕이 곧 행복임을 알았다. 남편이 큰 수술을 하고 고비를 넘긴 경험이 있다 보니, 매일 새벽 3시에 눈이 떠지며 남편이 숨을 쉬는지 확인하는 버릇이 아직 남아 있다. 그래서 그 밤에 모두가 숨을 쉬고 건강하고 안온한 것에 감사하고, 그것이 진짜 행복임을 안다.

1,000일간 도시락에 담은 사랑

아이들이 갑자기 낯선 타국에 와서 학교에 다녀야 하기에, 그리고 코로나 시기였기에, 더 갑자기 바뀐 환경에 적응하기 힘들어했다. 도시락은 엄마로서 해줄 수 있는 안정감이었다. 처음에 아이들 도시락을 싸는 엄마의 심정은, '학교 가기 싫단 말만 하지 마라. 잘 다녀와라.' 하는 내 자신의 마음 편함을 위한 시작이었다면, 1,000일이 쌓이고 나니 이제는 그것이 참 대단한 것이었다는 생각이 든다.

학교생활에 직접적인 도움을 주거나 영어를 가르치는 것이 아닌, 내가 지금 할 수 있는 것을 하다 보면, 해야 할 것과 하고 싶은 것이 떠오른다는 현주의 말이 생각났다. 현재 내가 할 수 있는 것은, 나를 위한 자기 계발이 아닌, 4가족밖에 없는 싱가포르 타지에서 엄마로서 아이들을 잘 돌봐주는 것이 사랑과 행복의 방법이었다.

생각지 못했지만, 아이들과 내 마음의 큰 기둥이고 연결이었다.

싱가포르에서 와서 잠옷 바람에 격리하며 찍은 가족사진을 보니, 남편은 아프고, 동욱이가 처음 와서 적응하지 못하고 힘들어 한, 그 모든 것을 넘어서서 우리가 이 낯선 나라에 와서 잘 적응하고 있던 순간이라 이마저도 행복으로 다가왔다.

♧

대학 친구인 그녀. 해외에 오래 있었던 그녀라 한동안 연락하지 못했고 만나지 못했지만, SNS에서 서로의 소식을 접하며 그녀는 때마다 나에게 진심 담긴 응원을 해 줬다. 그 따뜻한 진심이 매번 너무 감사해서 멀리 떨어져 있지만 항상 연락하며 마음을 나눴다.

이번 인터뷰를 핑계 삼아, 오랜만에 싱가포르에 있는 그녀와 줌으로 이야기를 나눴다. 한참 코로나로 힘든 시기에 싱가포르에 가족이 이사를 가게 되면서 적응하며 느낀 행복의 순간들을 이야기해 줬는데, 그녀의 사랑과 가족 간의 따뜻함이 너무 느껴져서 눈물이 났다. 인터뷰를 하며 처음 흘린 눈물이었다.

옆에서 그녀의 딸 수안이도 함께 있었는데, 엄마의 행복한 순간 이야기를 들으며 수안이도 눈물을 흘렸다.

그녀의 행복은 모든 아침 루틴을 끝내고 혼자 자전거를 타며, 일출을 보는 자신만의 시간을 가질 때와 가족들과 저녁 먹은 것을 치우며 보는 노을과 함께 가족의 무탈함에 감사하는 하루의 마무리, 이렇게 매일 2번씩 있었다.

아침과 저녁에 한 번씩 행복한 순간들이 있고, 그 사이에 아이들에게 1,000일 동안 한 번도 빠지지 않고 싸 준 도시락. 그 도시락이 가족 모두를 감싸는 사랑과 행복의 근원이었다. 남편과 아이들에게 마음을 담아 도시락을 싸고, 편지를 쓰며 사랑을 담았고, 남편과 아이들은 그 사랑을 온전히 느끼며 낯선 타국 생활에서도 잘 적응하고 지낼 수 있었다.

그녀가 했던 매일의 노력이 단단한 행복을 만든 것이다. 그 숭고한 순간을 생생하게 전해 들을 수 있어서 너무 감동적이었고 행복했다. 그들의 사랑과 행복이 내게도 전해져 영혼까지 사랑으로 가득 찬 기분이었다.

사랑하는 엄마랑 함께하는 행복

⟨Mommy's Love⟩, 2024

소중한 것이 무엇인지 일찍 알게 된 수안

수안이는 코로나가 한창 심할 때 싱가포르에 와서 격리도 길게 하고, 코로나 검사도 많이 했다. 어린 나이에 다른 아이들이 겪지 않은 많은 변화가 있었다. 그런 걸로 인해 물질적인 것에 대한 욕심이 없고, 가족의 소중함을 느끼게 된 것 같다.

수안이는 항상 갖고 싶은 것은 없고, 필요한 것이 있냐는 물음에도 항상 없다고 했다. 수안이에게 가장 행복한 순간은 엄마랑 함께 있을 때이고, 엄마랑 함께 무언가를 할 때였다.

그리고 원하는 것은 언제나 엄마랑 함께 놀거나, 밤에 같이 자는 것 같은 소소한 것이었다. 엄마는 행복이 무엇인지 이제야 깨달았는데, 수안이는 진짜 행복이 뭔지 이미 알고 있었다.

♣

수안이의 인터뷰는 직접이 아닌 엄마의 이야기로 풀어 나갔다. 옆에서 자신과 엄마의 이야기를 들으며 눈물을 보였으니 진심이 통한 것 같다.

어릴 적 안정감이 중요한 시기에 코로나와 함께 갑자기 낯선 싱가포르로 가게 되어서 힘들던 시절에, 엄마와 함께하며 안정감을 찾았다. 그래서 물질적인 것은 원하지 않고, 항상 엄마와 함께하는 것이 최고의 행복임을 본능적으로 알았던 것이다. 아이의 본능은 나의 지성보다 더 높았다. 이렇게 나는 또 아이에게 삶과 행복에 대해 배웠다.

어린왕자가 말했듯, 가장 중요한 것은 눈에 보이지 않는다.

사랑이 담긴 엄마표 도시락과
편지가 주는 행복

낯선 환경에서 함께했던 익숙한 엄마의 도시락과 편지

갑자기 아이의 모든 생활이 한국에서 싱가포르로 바뀌게 되었다. 한국말 대신 영어를 쓰며 학교에 다녀야 하는 상황에, 코로나로 분위기는 너무 폐쇄적이었다. 게다가 싱가포르는 법과 규율이 많은 곳이라, 남자아이인 동욱이에게 엄마는 더 많은 주의를 줘야 했다. 그 영향으로 동욱이는 지금도 남들에게 피해줄까 봐 스스로 조심하며 예민한 것이 있는데, 매일 싸 주는 엄마의 도시락과 그 안에 들어 있는 편지에서, 편안함을 느끼고 안정감을 느낀 것 같다.

학교도 낯설고, 친구들도 낯설고, 문화도 모두 낯설지만, 항상 익숙하고 한결같은 것, 편안한 것이 있으면 아이에게 힘이 될 것 같았다. 엄마는 그 마음을 담아 매일 새벽에 일어나서 도시락을 싸 주고 그 안에

163

편지를 넣었다.

　엄마가 매일 해 주면서 그걸 행복이라고 생각하진 않았지만, 아이들에겐 그것이 집이고, 사랑이고, 행복이었던 것 같다.

친구들도 느끼는 사랑의 도시락

　나중에 아이 친구들이 말해 줘서 알았던 사실이 있다. 매일 엄마가 써 준 편지에 기름 자국이 묻어 있어서 대수롭지 않게 여기고, 별생각 없이 버렸었다. 아이 친구들이 나중에 이야기하길, 동욱이가 도시락을 먹기 전에 항상 엄마 편지를 읽고 난 후, 편지에 뽀뽀하고, 감사 기도를 하고나서 도시락을 먹었다고 한다. 그렇게 아이는 엄마의 사랑을 온전히 느끼고 답하고 있던 것이다.

　그 이야기를 듣고 엄마의 도시락이 아이에게 안정이고, 평온이고, 사랑이었다는 것을 느꼈다. 동욱이뿐만 아니라, 다른 아이들도 이것이 사랑이라는 걸 본능적으로 느끼는 것 같다.

　다른 엄마들은 볶음국수나 학교에서 주문한 도시락을 시켜주는데, 매일 엄마가 직접 싸 준 동욱이의 도시락을 보면서, 다른 아이들이 "나도 너희 집에서 하루만 살면 좋겠다." "나도 너희 엄마 하루만 빌리면 좋겠다."라고 했다고 한다.

♣

    동욱이의 인터뷰 역시 당사자가 아닌 엄마가 이야기를 해주었지만 너무 귀한 이야기라 꼭 책에 싣고 싶었다.

    엄마가 매일 싸 주는 도시락에 담긴 사랑과 마음을 아이는 온전히 느끼고 받고 있었다. 매일 도시락에 담겨 있는 손 편지에, 입술 자국을 내며 감사하고, 기도하며 밥을 먹었을 그 아이는, 항상 엄마가 곁에 있음을 느꼈을 것이다. 낯선 나라에 낯선 학교에 아이들 사이에서도 늘 든든했을 것이다.

그리고 그 든든함은 다른 아이들에게도 고스란히 전해져, 엄마가 싸주신 도시락을 매일 들고 오는 동욱이를 모두 부러워했다. '하루만 너희 집에서 살고 싶다. 하루만 너희 엄마가 우리 엄마였으면 좋겠다.' 이런 말을 들은 아이는 사랑으로 가득 차 있다.

앞선 인터뷰이 수안이와 동욱이는 남매지간이다. 엄마의 사랑을 오롯이 느끼고 자란 아이들이 얼마나 행복한 매일을 보낼지 상상하며 그림을 그렸다. 수안이의 엄마와 함께한 순간 동욱이의 엄마표 도시락을 받고 편지에 뽀뽀하는 순간을 그대로 담고 싶었다.

이야기를 들으며 함께 눈물짓고 감동해서 그림을 그리는 동안에도 이 가족의 사랑과 단단함이 그대로 느껴졌다. 따뜻한 가족의 순간을 담을 수 있어서 영광이다.

할리우드에서 이뤄진
기적 같은 행복

할리우드에서 이룬 어린 시절의 꿈

2022년 6월, 13년 만에 배우로 촬영했을 때이다. 그것도 할리우드에서. 맨몸으로 비행기 티켓만 끊고 간 지 보름 좀 넘어서 일어난 기적 같은 일이었다. 첫날부터 꿈은 산산조각 났지만 그런데도 나아가다 보니 결국 꿈을 이뤘다.

어린 시절 세계적인 무대에서 상을 받는 배우가 되는 게 꿈이었는데, 그 꿈을 너무 오랫동안 잊고 살았다. 나 자신도, 세상도 안 된다고 말하며 포기하고 살았는데, 모두가 틀렸고 내 꿈은 실현 가능하다는 것을 경험한 순간이기에 가장 행복했다. 내 꿈을 포기하지 않아도 된다는 것, 어릴 때 꿈이 그대로 이루어질 수 있다는 사실을 알게 된 그 순간이, 지금도 계속 꿈을 향해 나아가는데 큰 지표가 되고 있다.

수없는 좌절 후에 이뤄진 성장

그동안 수없이 좌절했다. 더 이상 일어설 수 없을 정도로⋯⋯. 그렇게 바닥을 찍고 일어서니 그 뒤에는 모든 것이 성장이었다. 한 걸음만 나아가도 발전이었다.

내가 있는 자리, 지금의 내 모습에서 바로 할 수 있는 것들을 했다.

처음에는 집에만 있다가 나가서 걸었다. 밖에 나가서 걸으니, 사람들과 함께하고 싶어졌다. 당장 사람들을 만나는 것은 두려워 먼저 SNS를 통해서 소통하며, 세상과 연결되었다. 그랬더니 사랑도 하게 됐고, 점점 내 마음을 열수록 세상이 내게 열렸다.

그 뒤로는 나 자신을 변화시키고, 매일 성장하는 사람들에게 부단히 배우고, 도전하는 삶을 살았다. 나의 관점을 바꾸기 위해, 만나는 사람을 바꿨더니 새로운 세상이 열렸다.

가장 큰 이유는 내가 누구이고, 이 삶에서 무엇을 원하는지 찾기 위해서였다. 좌절과 성장을 끊임없이 반복하며, 나를 알기 위해 배우고, 새로운 시도를 해 나갔다. 라이브커머스, 크리에이터, 온라인 사업, 배우, 감독, 작가 등에 도전하며 나를 알아 갔다.

주인공으로서 있는 그대로의 내가 되는 삶

나는 세상과 사람에 끌려가지 않고, 내가 주인공으로 사는 행복을 추구한다. 자유롭게 행동하고 말하며, 있는 그대로의 내가 되는 삶! 이채희, 그 자체인 삶을 추구한다. 무엇을 더하지도 빼지도 않은 순도 100% 지금의 나를 사랑하는 삶. 세상에 뛰어들어 내 꿈을 하나씩 이뤄 가는 행복을 원하고 추구한다.

♣

그녀의 에너지는 무척 강렬하고 선명하다. 그녀가 좋아하는 무지개만큼 다채롭고 모두가 그 에너지를 느낄 수 있을 정도로 강하다.

할리우드에 갈 예정이라고 한 순간, 그 이야기를 들은 우리 모두는 그녀가 그곳에서 피어나리라는 걸 알고 있었다. 자신의 색을 느끼지 못하다가 뒤늦게 발견하고, 자신을 꽃피우기 시작한 순간이었다.

그 이후로 그녀는 놀라우리만큼 바뀌었고, 새로운 자신만의 세상을 만들어 가고 있다. 사람들을 감동시켜서 자신의 사람으로 만들고, 함께 꿈을 꿀 수 있는 사람들을 만나고 모았다.

그걸 지켜보며 늘 감탄했고, 더 빛나는 에너지에 함께 힘이 났다. 연기로 또 사업으로 다양한 영역에서 자신만의 빛을 내며, 볼 때마다 넓어지는 그녀의 세계가 어디까지 펼쳐질지 무척 기대된다.

온 가족과 여행에서
함께하는 행복

사랑하는 가족들과 웃고 즐기는 그 순간

10년 전 외가 가족들과 함께 상주에 '산골짝'이라는 펜션으로 가족여행을 갔을 때가 가장 행복했다. 부모님께서 모두 일하시느라 바쁘셔서 외할머니 외할아버지까지 다 같이 모이는 것은 명절이나 특별한 날에만 가능한 것이었다. 온 가족이 함께 여행 가서 물놀이도 하고, 맛있는 것들을 먹고, 저녁에 둘러앉아 함께 이야기 나누고, 노래도 부르며, 즐겁게 보낸 시간이 너무 행복했다는 걸 (조부모님의 부고 이후) 요즘 들어 더욱 느끼고 있다.

사랑하는 가족들과 모여서 웃고, 놀고, 쉬는 그 순간이 너무 소중했다. 가족에 대한 생각이 깊게 들면서 행복감도 더 깊이 느껴졌다.

당시에는 몰랐던 행복의 크기

그 당시에는 즐거웠지만 이 순간이 인생의 가장 행복한 순간이 될 거라 알지 못했는데, 지나고 나니 그 순간이 더 소중하다는 걸 깨달았다. 혼자만의 시간을 갖게 되면서 기억을 되새겨보고, 글로 쓰면서 돌이켜 보니, '이 순간이 내게 제일 행복한 순간이었구나.' 하고 깨달았다.

예전에는 대단하고 거창해야지만, 그리고 삶에서 좋은 일이 일어나야만 행복하다고 생각해 왔다. 하지만 몇 년 전 크고 작은 시련들, 엄마도 아프시고, 나 자신도 아파 보고 나니, 행복은 큰일이 아니라, 작거나 사소한 것들에서도 만들 수 있다는 걸 깨달았다.

일상에서 일어나는 모든 순간에 긍정적인 의미를 부여하고 있다. 그런 순간들이 당연하지 않다고 깨달았다. 그래서 행복이 자주 찾아왔다. 예를 들면 나는 코에 문제가 있어 수술도 했고, 그 후유증이 심했기에 아침에 일어나서 호흡이 잘 되는 것에도 감사한다. 또 운동할 수 있는 건강한 신체에 감사하고 행복을 느낀다. 신선하고 맛있는 과일을 먹을 수 있다는 것에도 감사하며 행복했다. 앞으로도 행복의 기대치가 낮아진 채로 일상에서의 행복을 자주 느끼며 살아가려고 한다.

♣

SNS에 자신의 목표와 꿈을 밝히고 열심히 노력해서 결국 이뤄 낸 그는 내가 참 친해지고 싶었던 사람이다. 원하는 바를 꾸준히 노력하고 해내는 모습이 내가 되고 싶었던 모습이었기 때문이다.

그래서 나의 꿈을 찾고 난 후, 그의 모습에서 많은 영감을 받았고 그 감사함을 표시하기 위해 첫 개인전에 초대했다. 항상 글로 자신의 생각을 명확하게 표현하고, 본질을 알고 있는 그이기에 행복에 대한 생각도 무척 궁금했었다.

역시 나의 예상대로 그는 깊은 행복에 대한 성찰과 이야기로 감동을 주었다. 나도 매순간 감사하며 행복하려고 하지만, 숨을 쉴 수 있는 것에 감사한다는 말에 다시 배웠다.

그처럼 일상에서의 자잘한 행복들을 모두 느낄 수 있다면, 삶의 질이 얼마나 올라갈까? 우리는 얼마나 기쁘게 매 순간을 살아가게 될까? 나는 이번 인터뷰 덕분에 더 자잘한 행복까지 느낄 수 있는 눈이 생겼다.

행복 42 – 김대현

대자연에 압도당하는 순간의 행복

〈The feast of stars〉, 2024

대학교 때까지 자신 있게 행복하다고 말했고, 주변에서 친구들도 행복해 보인다고 말했다.

사람들과 함께하는 것을 즐기고 친구들을 즐겁게 해 주고 무대가 없어도 춤과 노래를 하던 그 시절이 정말 행복했다. 나를 통해 행복해하는 사람들을 보며 같이 행복했고 좋았다.

어느 순간 그것이 다가 아니라는 생각이 들었고, 행복은 밖에서가 아닌 내 안에서 찾는 것이라고 느꼈지만, 그렇다고 어린 시절의 그 행복이 잘못되었다고 생각하지 않는다.

대자연 속에서 공포와 함께 느꼈던 행복

기억나는 행복했던 순간은 유학 때 데스밸리로 혼자 캠핑하러 갔을 때다. 아무도 없는 허허벌판에 혼자 끝없는 도로를 달리다가 코요테를 만났던 그 두려웠던 순간에, 공포와 행복을 동시에 느꼈다. 그날 밤 홀로 하늘에 있는 수많은 별을 몇 시간 동안 보면서 정말 행복했다. 대자연에 압도당한 순간의 행복이었다. 이 자연 속에서 나는 정말 티끌 같은 존재라는 걸 느꼈다.

대학교 때까지는 하는 일들이 잘 풀렸는데, 영화를 시작하고 깨지고 실패해 보면서 많이 불안해졌다. 예전엔 다른 사람으로부터 넌 걱정 없이 항상 즐거워 보인다는 말을 들으면 불편한 적이 있었다. '내가 진실해 보이지 않는 건가?' 혹은 '남들에게 그렇게 보이려고 가면을 쓰고 있는 건가?' 했지만, 이제는 다른 사람들에게는 그렇게 보이는 것도 나쁘지 않다고 생각한다.

나이를 먹은 지금은 그때만큼의 행복을 느낀 적이 없지만 그렇다고 즐거움이 사라진 것은 아니기에 이대로 괜찮다고 생각한다.

'-' 에서 '0'으로 가는 과정에 집중

현재 추구하는 행복은 '-'인 순간에서 '+'가 아닌 '0'으로 가는 것에 집중하는 것이 우선이라고 생각한다. 이전만큼의 강력하고 큰 행복은 아니지만 인터뷰를 하는 이 순간도 행복함을 느낀다.

요즘 처음 해 보는 직장생활에서 작아지고 위축되지만, 무사히 지나간 오늘, 주말이 다가오는 오늘이 행복하다고 말할 수 있다. 하지만 나의 기준에서의 행복은 조금 더 강렬한 것이기에 행복과 즐거움을 구분해서 이야기한다.

행복을 좇는 것이 아닌 지금 그대로에서의 삶, 일상의 소중함을 느끼면서 지내고 있다.

♣

행복과 즐거움을 구분 지어서 생각하는 그.

그의 밝고 해맑은 모습 안에 있었던 세심함에 놀랐다. 그리고 자유로움과 밝음 뒤에 있는 어두움도 처음 알았기에 내가 보는 사람들의 모습은 극히 일부분임을 다시 느꼈다.

인터뷰를 하며 그가 과거에 얼마나 행복하고, 더 자유로운 사람이었는지 알았고, 지금은 과거와 비교하지 않고 지금 그대로의 삶을 온전히 지내고 있는지 알았다.

직장을 통해 이전과는 너무 다른 새로운 환경에 적응하느라 바쁜 와중에도, 자신의 이야기를 들려주고 이 순간에 행복을 느낀다고 말씀해 주셔서 감사했다.

과거에 연연하고 비교하며 힘들어하는 것이 아닌, '0'으로 가는 과정에 집중하고 있는 그가 대단하고 멋지게 보였다.

내가 그린 그의 모습은 대자연 속에서 별들과 우주와 하나가 되어, 해맑게 그 안에 존재하는 모습이었다. 그리고 옆에는 두려움을 느끼게 한 코요테도 함께 하고 있다. 지금의 생활은 긴장과 두려움이 많다고 했는데, 그 두려움 안에서 행복을 느끼는 순간이 더 많아지길 바라는 마음에 코요테와 함께 쏟아지는 별을 보는 모습을 그렸다.

지금 이 순간을 살며 느끼는 행복

당신의 행복이 궁금해요

꿈을 이루며 살고 있는 지금, 이 순간

내 인생에서 가장 행복한 순간은 지금, 이 순간이다. 그 이유는 지금도 내 꿈을 이루며 살아가고 있기 때문이다. 우리가 살아가면서 찰나의 순간들이 행복하지 않다면, 그토록 많은 시간과 노력을 투자해서 얻은 부와 성공도 아무 의미가 없다. 현재를 살며 파워풀한 미래를 향해 가고 있다. 우리가 지금 행복하지 않다면 현재에 집중하고 있는지 스스로에게 질문 해 봐야 한다. 지금, 이 순간이 행복하면 우리의 모든 시간 모든 인생이 행복해진다.

나는 동기부여 작가이다. 꿈 이야기는 3년 전으로 거슬러, 도전스쿨 멘토인 이동진 코치님과 50분 인터뷰를 통해 내 꿈의 문을 여는 방법을 알았고, 바로 도전했다. 내 나이 40대 후반, 오랜 꿈이었던 작가의 꿈을 위해 바로 행동을 시작했다. 그 후로 매년 글을 쓰고, 출간을 하면서 동기부여 작가로 활동 중이다.

물론 글을 쓰는 작업은 어렵고 고단하다. 워킹맘이어서 퇴근하고 도서관에 들러서 자료를 찾고, 집에 도착하면 집안일과 자녀들을 챙긴다. 모든 일과 후 나에게 남는 시간은 늦은 저녁 시간이나 새벽 시간뿐이다. 그 시간을 나만의 소중한 시간으로 활용했다. 남들보다 조금 더 늦게 자면서 글을 쓰고, 새벽 기상으로 해뜨기 전에 일어나 나의 시간을 확보해야만 했다. 이렇게 철저한 시간 관리와 자기 계발로 꿈을 위해 노력했다.

아이들이 커 갈 때는 아이들이 행복의 전부였다. 지금은 모두 잘 성
장해서 살아가고 있으니, 자연스럽게 나에게 집중하게 된다.

나는 매일 새벽 기상을 하면서 아침 산책하러 나간다. 때에 맞게 사
계절 피고 지는 꽃들과 나무들로부터 많은 것들을 배운다. 이 순간이
얼마나 아름다운 축복인지 모른다. 매일 독서를 하면서 책 속 저자들
의 지혜를 배우고, 앞으로 어떻게 살아가야 하는지에 대해 생각한다.
매일 SNS를 통해 전 세계 친구들과 소통을 하면서 그들의 삶을 통해 배
우고, 블로그를 쓰면서 알고 있는 정보를 나눈다. 현재는 독서와 운동
으로 행복을 충전하고 있다.

내가 하고 싶은 일이 있으면 지금 도전하세요.
내가 가고 싶은 곳이 있으면 지금 떠나세요.
내가 사랑하는 사람이 있으면 지금 사랑하세요.
그리고 가족들과 아이들과의 시간을 소중하게 여기세요.
가족들이 아이들과 함께하는 시간은 이 순간이 지나면 다시 돌아오지
않습니다. 어디에 있든, 무엇을 하든, 누구와 있든, 사랑하는 사람과의
관계에서 지금, 이 순간 최선을 다하세요. 그리고 나서 먼 훗날,
되돌아보면 모든 날 모든 순간이 행복이라고 느낄 거예요.
인생의 마지막 날, 참 잘 살았다며 행복한 미소로
삶을 마무리할 수 있기를 바랍니다.

♣

꿈을 가슴에만 품어 두고 '언젠가는', '조금 더 ~해지면'이라는 말들과 함께 뒤로 미뤄 두는 것이 더 쉽다.

하지만 그녀는 바로 행동하고 글을 쓰고 책을 내는 사람이다.
방법을 안다 해도 행동하지 않으면 끝인데, 그녀는 방법을 알자마자 행동해서 바로 꿈을 이루고 매년 책을 출간하고 있다.

꿈을 이뤄 가는 사람이기에 꿈을 이루고 있는 지금이 가장 행복하다고 말한다. 그렇게 말할 수 있는 그녀가 너무 멋있고 아름답다.

꿈을 이룬 사람의 말은 더 설득력이 있다. 지금 행복하다고 말하는 사람의 말은 더 믿음이 간다. 그녀가 말해 준 행복의 방법을 바로 행동에 옮겨 봐야겠다.

지금, 이 순간에 최선을 다해서 도전하고 떠나고 사랑해야지.

185

주체적으로 살며
살아 있음을 느끼는 행복

주체적으로 살며 느낀 자신감

도전스쿨에서 코칭을 받으며 도전했을 때가 가장 행복했다. 이유는 집-회사-집-회사였던 나의 따분한 생활에, 새로운 것들을 하나하나 채워 가면서, 이전에 느끼지 못했던 새로운 감정과 '아, 내가 이런 것도 할 수 있구나.'라는 자신감이 생겼기 때문이다. 새로 태어난 느낌이랄까? 그때 비로소 살아 있음을 느꼈던 것 같다. 하루하루 그냥 살아지는 게 아니라, 주체적으로 살아가는 느낌을 받았다.

평범한 일상에 하나만 추가했을 뿐인데 마음가짐과 기분에 변화가 생겼다. 일례로, 출근 시 회사 동료들에게 평소처럼 "좋은 아침입니다."라고만 하는 게 아니라, 덧붙여서 그 사람의 칭찬을 했다. 너무 단순한 한마디지만 그 한마디를 더함으로써 상대방을 관찰하게 되고, 대화로 이어져 기분이 좋아지고, 하루 전체가 즐거워지는 느낌을 받았다.

또 이전에는 집순이였던 내가 하루에 20~30분씩 걷기를 하면서, 정식 마라톤 대회까지 출전하여 완주하게 되었다. 1년 전의 나라면 전혀 상상조차 하지 못했던 일이 생겨나고, 지금도 새로운 삶을 개척해 나가고 있다.

Just Do It! 일단 해 보자!

행복을 위해 했던 노력은 일단 해 보는 것.

아마 코칭을 받으며 가장 많이 듣고 체감했던 구절이 아니었을까 생각한다. 예전에는 "내가 과연 이걸 해낼 수 있을까?"라는 고민과 생각들로 나 자신을 소모하다가 지쳐서 안 한 것들이 너무 많았다. 하지만 '일단 해 보자!'는 마음으로 한 발짝이라도 내딛고 나아가면, 칠흑 같은 어둠 속에서도 결국 빛이 보였다. 때론 내가 예상했던 길이 아니어도 내가 원하는 그 꿈과 가까워지게 되는 것 같다.

그럼에도 불구하고 한다

그 작은 행동을 시작하는데 처음에는 너무 고통스럽고 내 안의 또 다른 자아가 강하게 저항했다. "이거 하나 한다고 뭐가 달라지기나 할까?"라는 불신도 치솟았다. '그럼에도 불구하고' 내 안의 의심을 모두

잠재우고, 아무 생각 없이 그냥 행동한 것이 가장 큰 노력이었다.

10년의 일본 생활을 접고 싱가포르로 이직하고 삶의 터전을 옮겼다. 처음엔 새로운 장소를 가거나, 새로운 체험을 하면서, 나 스스로에게 새로운 자극을 주고 행복하게 지냈다.

하지만 어느 순간 그런 것에도 흥미를 잃어 지금은 나 자신을 갈고닦는 데 더 초점을 맞추게 되었다.

최근에는 영어 공부를 꾸준히 하고 있고, 예전부터 꿈꾸던 북미나 유럽계 회사에 이직하기 위해 노력 중이다. 또다시 일본으로 돌아가게 될 수도 있지만, 똑같은 나라, 똑같은 장소라도 이미 1년 전의 내가 아닌 업그레이드 된 나로 가는 것이므로, 이전과는 전혀 다른 시각으로 바라보게 될 것 같다.

이 세상에 헛걸음, 헛수고는 없다

과거에는 지금 내가 한 노력과 행동들이 미래에 어떻게 연결이 될지, 과연 연결되기나 할지 생각조차 못 했었다. 이제는 세상에 헛걸음, 헛된 노력, 헛수고가 없다는 걸 알았다. 모든 노력이 서서히 나에게 자양분이 되고, 하나의 점들이 되어, 나중에 꿈으로 향하는 선이 되는 것 같다.

매일 아침의 30분 걷기가 달리기가 되고, 또 마라톤 풀코스 완주가 되고, 그 마라톤을 발판 삼아 미국 스포츠 브랜드 회사에 이력서를 넣었다. 서류에 합격해서 면접까지 볼 수 있었다. 면접 결과는 불합격이었지만, 서류에 통과된 것과 그 회사의 면접을 본 것만으로도 아주 행복하다.

1년 전에는 영어로 전화 통화를 하는 것 자체가 긴장되고 떨려서 피하고 싶었다. 지금은 두려움을 조금 극복해서 '안 되면 말고, 일단 해 보자! 좋은 경험이야.'라는 마음으로 즐기려 노력한다. 여전히 떨리고 두렵지만 이 또한 나의 길을 개척해 가는 과정이니까 즐겁게 해 보려 한다.

1년 전에는 상상도 하지 못했던 내 모습

1년 전의 나라면 과연 상상이라도 했을까?

1년 전에 누군가가 그 회사에 이력서 넣어 보라고 하면, '미쳤어? 난 영어도 못 하고 운동도 안 하는데 자격이 안 되는걸.'라고 말하며, 시도조차 하지 않았을 것이다. 그랬던 내가 꿈을 향해 한 걸음 한 걸음 나아가고 있다.

♧

1년 전에는 상상도 하지 못했던 모습이 된 그녀. 매일 성장하기로 결심하고 이전의 나보다 더 나아지기로 마음먹은 사람들이기에 우리는 참 많은 것을 공유하고 서로를 응원했다.

예전에 하지 않았던 도전을 하고, 새로운 나의 모습을 발견하고, 그 안에서 좌절과 성장 속에서 계속 나아가는 사람. 자신의 성장 안에서 행복을 발견한 그녀는 내가 처음 만났을 때와 완전히 다른 사람이 되어 있었다.

운동을 전혀 하지 않던 사람이 산책 - 달리기 - 마라톤 완주 - 미국 스포츠 브랜드 면접으로까지 이어지다니, 이것이 인간 승리가 아니면 무엇일까?

헛수고는 없다고 말하는 그녀가 또 어떤 새로운 환경에 자신을 내놓고, 얼마나 더 많은 한계를 깨며 성장을 할지 무척 기대된다.

당신의 행복이 궁금해요

파트너와 둘만의
우스꽝스러운 순간의 행복

파트너와 둘만의 주제곡에 맞춰 둘만 아는 우스꽝스러운 춤을 출 때. 아무리 힘들어도 그 춤을 추고 있는 우리 둘의 모습을 보고 있으면 웃게 된다. 나에게 행복이란 단어를 들으면 떠오르는 장면이 되었다.

♣

파트너와 주제곡에 맞춰 우스꽝스러운 춤을 출 때 그녀는 모든 것을 잊고 행복해진다.

행복에겐 이런 힘이 있다. 한순간에 모든 것을 바꿔 버리는 힘.

행복 치트키가 있는 사람은 언제 어느 순간에서든 웃을 수 있다. 나도 그런 행복 치트키를 찾아야겠다고 느낀 순간이다.

니스에서 나른한 낮잠이 주는 여유로운 행복

〈Siesta in Nice〉, 2024

공교롭게도 가장 행복했던 기억은 니스에서의 시간이다. 니스 날씨, 특히 햇빛이 너무 좋아서 교환학생 때 살던 집 창문 앞에 침대를 붙여 놓고 지냈다. 일정 없는 날, 그 환한 햇살 아래 창문을 활짝 열어 놓고 낮잠을 잤을 때가 행복했다. 니스에서 반 년 정도 지내면서 평소에는 학교 과제와 친구들과 어울리면서 낮잠을 많이 자지 못해서인지, 복학 후에는 취업 준비를  하다 입사해서 바빠 살았던 것과 대비되어서인지, 니스에서의 그 순간이 유난히 아름답게 남아 있다. 무엇보다 나 자신에게 아무것도 바라지 않고 근심·걱정 없이, 낮에도 푹 잘 수 있는 쾌적한 기온과 습도, 발끝에 살랑이는 바람이 내가 바라던 휴식의 모든 것이었다.

오래 꿈꿔 온 프랑스살이를 위해 최선을 다해서 준비에 집중하고 노력했다. 교환학생 선발을 위해 자기소개서를 쓰고 면접 준비를 했고, 급히 어학 성적을 위해 기말고사와 함께 영어 공부도 했다. 비자를 얻기 위해 매주 서울행 기차를 타기도 했고, 교환학생 준비 및 생활비를 벌기 위해 처음으로 휴학하며, 최장기간 카페에서 알바도 했다. 학기 중에는 교환학생 기업 장학금을 받기 위해 자소서와 추천서를 준비하고 발대식에 다녀오기도 했다.

　무엇보다 반 년 간 지낼 건강한 몸으로 서울에서 파리, 파리에서 니스로 가는 비행기를 타고 무사히 도착한 것이 결정적인 노력이었다. 비행기만 타면 갈 수 있는 곳이었는데 왜 그렇게 불가능하고 어렵게만 느껴졌는지, 허무할 만큼 실감이 나지 않았다. 당시에는 내가 이룰 수 있는 꿈일지 모르지만 그래도 최선을 다해 보자는 마음이었는데, 불안해하는 나에게 주변에서 너 아니면 누가 그 자리에 더 잘 맞을 수 있겠냐며 응원해 준 친구들이 있었다. 막상 시작해 보니 막연하지만은 않고 할 만 했다. 그때 프랑스 교환학생 생활 이후 미국 명문대 교환학생도 다시 도전해서 해내게 되었다.

프랑스를 꿈꾸며 해냈던 행동들

계획적인 것은 아니었지만 대학교 2학년 때 취미 겸 어학 공부로 프랑스어를 배웠고 그 해에 프랑스어 자격증도 따두었다. 학교에서 들을 수 있는 불문과 전공 과목도 여러 개 들으며 유학 다녀온 교수님과 선배에게 여러 이야기도 들었다. 학기 시작 전부터, 자격증을 준비하며 학기 중에 병행하며 다닌 학원에서도 선생님과 동기 원생분들과 서로 다른 꿈이나 경험이지만 프랑스어 하나로 합쳐지는 즐거운 경험도 했다.

이런 일련의 경험들이 프랑스살이가 한 번쯤 스쳐 지나가는 환상이 아니라, 한국에서도 프랑스에 있는 것처럼 느끼게 해 주고 현실화하는 데에 큰 영향을 준 것 같다.

생생하게 꿈꾸던 프랑스가 현실로

그때는 알아채지 못했지만 꿈만 꾸면 푸른 잔디밭에서 낮잠을 자고, 현지인 친구들과 학교 마당에서 시간을 보내는 구체적인 꿈도 많이 꾸었다. 이후에 정말 꿈처럼 되었고, 내가 프랑스에 가는 꿈을 현실로 끌어당긴 것 같다. 너무 생생하게 믿고 이미지화하고 되뇌면서, 현실에서 준비할 수 있는 것들을 하다 보니, 정말 꿈이 이루어진 것이다.

당장 그리고 오래 행복할 방법

현재는 그림 그리는 것을 내 삶의 가장 우선순위에 두고, 그림과 보내는 시간을 많이 가질 수 있는 일들을 하려고 한다. 그것이 내가 당장 느낄 수 있고, 앞으로도 오래 행복할 방법이라는 것을 알기 때문이다. 어린 시절부터 그림을 너무 좋아했는데, 오랫동안 놓고 살아왔지만, 비로소 그림을 다시 그리게 되었으니!

무엇보다 과거와 미래에 행복을 미루어 두는 것이 아니라, 과거를 소중히 하고 미래를 준비하면서도 현재의 행복을 만끽하고 사는 것을 추구한다.

♧

잠깐의 만남으로도 연결을 느끼게 하는 사람이 있다.

영혼의 친구라고 느끼게 하는 사람, 그녀가 나에게는 그랬다. 전시 방명록에 너무나 감동적인 리뷰를 한가득 적어 준 그녀에게 꼭 만나고 싶다고 연락했고, 직접 만나 이야기를 나눴다. 많은 공통점을 뛰어넘어 '마음이 통했다.'는 말이 어울리는 사람이었다.

다음엔 내가 좋아하는 프로방스에서 해외 전시를 하고 싶다고 말했고, 그녀가 니스에서 교환학생을 했다는 사실에 한 번 더 놀랐다. 그리고 난 니스에서 전시 후 그녀를 다시 만났다.

가장 행복한 순간이 니스에서였다니, 나는 이 순간을 그릴 수밖에 없었다. 그리며 그녀의 이야기에는 나오지 않았지만, 나른한 니스의 한낮에 어울리는 고양이를 함께 그려 넣었다. 함께 단잠을 자는 고양이와 그녀를 그리며 나는 니스에 다시 한 번 다녀왔다.

그녀 역시 그림이라는 꿈을 다시 찾아 자신의 행복을 그려 나가고 있다. 나의 영혼의 친구가 그리는 지금의 행복을 구경하러 가야겠다.

자기 계발을 하며
강한 긍정이 주는 행복

자기 계발을 하며 꿈에 집중하는 행복

2021년 11월 11일 나의 꿈 100번 쓰기 100일 차에 대기업 운전기사로 취업하고 서울로 상경해 김창옥 선생님께 배우는 기적을 맞이했다.

하루 종일 참치김밥 한 줄만 먹어도 행복했고, 무거운 짐을 양손에 가득 들고 3시간 이상을 걸어 다녀도 행복했다. 자기 계발을 하며 긍정적인 꿈에 집중하는 것에 행복을 느꼈다.

새벽마다 지킨 나와의 약속

이 행복을 맞이하기 위해 꿈에 집중하고 긍정적인 마음가짐을 가졌다. 해야 할 것들을 성실히 해냈다. 매일 새벽에 일어나 모닝리추얼을 하며 내 자신을 계속해서 갈고닦았다. 목표 100번 쓰기를 하기로 약속했는데, 밀린 날이 있다면 200번, 300번을 쓰면서 나와의 약속을 지키기 위해 노력했다.

앞으로 추구하는 행복은 나의 가치를 높여서 타인에게 따뜻한 마음을 전하고 도움을 주는 사람이 되는 것이다.

♧

자신의 가치를 높여 타인에게 따뜻한 마음을 전하는 사람. 그는 이미 자신이 추구하는 행복을 이룬 사람이다.

그가 사고로 손가락을 잃었지만 계속 다양한 것에 도전하며, 성장하는 모습을 몇 년간 보며, 나에게 따뜻한 마음이 많이 전해졌기 때문이다.

199

항상 밝게 웃으며 사람들과 함께하는 것을 좋아하는 따뜻한 사람이라서, 추구하는 행복 역시 자신보단 타인을 위하는 마음이 컸다.

그런 마음을 주변도 느끼기에 항상 그를 응원하고 함께 하는 사람들이 많았다. 자신과의 약속을 지키는 지금의 그 모습 그대로라면, 그는 무한히 성장할 테고 더 많은 이에게 감동을 줄 수 있을 것이다.

수영 실력이 늘고
신과 가까움을 느낄 때의 행복

수영을 통해 나의 성장을 느낄 때

수영 실력이 늘었을 때 행복함을 느낀다.

오랫동안 꾸준하게 열심히 연습하고, 잘하는 분들의 조언도 듣고, 선생님과 훈련을 한 것이 결과로 나타날 때, 성장을 느끼며 행복하다.

신과 함께 있음을 느낄 때

또 다른 행복한 순간은 하나님과 가까워지고 있다고 느낄 때다.

마음 깊은 속에 고민이 있을 때 성경책을 보거나 기도 중에 다른 해결책의 실마리가 보이는 순간에 행복을 느낀다. 기도하면서 고민이 해결된 적도 있다. 직장을 다니다가 갑작스레 프리랜서로 전향하면서 불안함이 있었는데, 예상보다 빠르게 일이 들어오고, 특별한 노력하지 않

201

앉는데 나를 찾는 사람이 있을 때 감사함을 느꼈다.

신이란 존재가 있음을 느낄 때 행복하다.
예배와 기도를 드리고, 성경도 보면서 이대로 행복을 느끼며 살면 되겠다고 느꼈다.

요즘 사회에 유행하고 있는 불안함을 바탕으로 둔 애쓰고 노력하는 성장 열풍이 아니라, 하늘의 큰 뜻을 묵묵히 따를 때 행복하겠다는 생각이 들었다. 이전까지는 고민만 하고 불안해하면서 실행은 안 하는 상태였는데, 이제는 있는 그대로 신께서 변화를 이끌어 주실 테니 그대로 순종하며 나아가기로 마음먹었다.

♣

하와이 교환학생 시절에 한 방을 쓰며 함께한 그녀는 나와는 달리 항상 차분하고 깊이가 느껴졌었다. 나는 감정에 휩싸여서 파르르 하며 열만 냈다면, 그녀는 하나씩 자신의 상황을 설명하며, 그것에 대해 토론할 수 있는 사람이라 부러워한 적이 많았다.

그런 그녀의 차분함과 깊이는 신과의 연결 덕분인 듯하다. 신이라는 큰 존재를 알고 믿으며, 그 존재에 내맡기는 것이 수도자의 자세와 닮아 있다.

수영을 하면서 자신의 성장에서 행복을 느끼는 것은 노력에 의한 성장이다. 하지만 빠르게 달성하려고 하는 조급함이 아닌, 하늘의 큰 뜻을 믿고 따르며, 그 안에서 행복을 느끼는 것은 흐름에 내맡기는 것이다. 이 둘은 달라 보이지만 그것을 한꺼번에 하고 있는 것은 꼭 다른 성질의 것을 조화롭게 품고 있다는 생각이 들었다. 그래서 항상 그녀가 깊이 있게 느껴졌나 보다.

산티아고 순례길에서 만난
조건 없는 사랑을 받을 때의 행복

지금까지 다른 사람들을 도우며 살겠다고 생각했으나 그 생각과 삶에 지쳐 있었다. 다른 사람을 돕기 위해 성공을 해야겠다고 생각했고, 사업을 해서 성공하고자 했는데, 그것이 무너지는 경험을 하고 무시당하면서 이상과 다른 현실에 지쳐 있었다.

산티아고 순례길에서 만난 조건 없는 사랑

포르투갈 순례길을 걸을 때 만난 가족들과 함께했던 순간이 가장 먼저 떠올랐다. 조건 없는 사랑을 받았던 순간이었다.

순례길 위에 홀로 앉아서 전화기로 숙소를 검색하던 중에 고1 학생이 말을 걸며 도움이 필요하냐고 물었다. 그때 나는 아무런 도움이 필요 없다고 대답했다. 이후 '뭘 하고 있냐?'라는 질문에 오늘 잘 곳을 검색 중이라고 말했고 '괜찮으면 우리 집에서 같이 잘래?'라고 제안해서 함께하게 되었다.

그 친구가 아빠랑 통화 후에 집에서 함께 잘 수 있도록 선뜻 선의를 베풀어줬다. 그 가족들과 아이들과 이야기 나누며 조건 없는 사랑을 받았고, 그때 너무 행복함을 느꼈다. 저녁에 다 같이 장도 보고, 가정식도 먹으며 대화도 나눴다. 아이들이 산티아고 순례길에서 보낸 추억들을 보여 주면서 소중한 선물들도 받았다. 뜻밖에 찾아온 순간의 행복이 컸다.

생면부지인 이방인을 자신의 집에서 재워 주는 것이 참 쉽지 않은 데, 그 호의를 받으며 조건 없는 사랑을 배웠다. 조건 없는 호의와 사랑을 받은 것이 인상 깊어서, 그때 그 감정을 현재에도 그리워하며 살고 있다.

이 행복을 위해 내가 노력한 것은 없었고, 뜻밖의 행운이자 행복이 감사해서, 순례길에서 다시 돌아가 아이들에게 줄 선물을 사서 전달하고 함께 시간을 더 보내고 왔다.

자유로운 선택과 온전히 책임지는 삶

내가 원하는 삶을 자유롭게 선택하고 그 삶을 온전히 책임으로 살아가는 것이 추구하는 행복이다. 이미 그 삶 안에 있어서 하루하루가 충만한 상태다.

세상에 변화를 일으키겠다고 마음먹으니, 이전과는 에너지가 달라진 상황이다. 내 이야기를 나누며, 강연을 하고, 사람들에게 나의 에너지를 나누고 있다.

나보다 나이는 어리지만 어른 같은 사람. 중심이 잡혀 있고 말에 단단함이 녹아 있는 사람. 그는 처음 만났을 때부터 그런 느낌이었다.

산티아고로 떠난다고 이야기했을 때 또 큰 성장을 해서 오겠구나 생각했는데 이런 조건 없는 사랑을 받고 행복했다니.

조건 없는 사랑을 받을 준비가 되어 있는 사람이었기에, 그런 기회가 온 것 아닐까란 생각이 들었다. 말은 통하지 않더라도 진실되고 단단한 기운은 누구나 느낄 수 있기 때문에 이방인이지만 선의를 베푼 것이고, 그 선의를 그는 누구보다 감사히 받았을 것이다.

순수한 선의를 받아 행복으로 채워진 그 마음을 다른 사람에게 온전히 나누고 있으니, 세상이 이전보다는 조금 더 행복해지지 않았을까?

좋아하는 일을 하며 산다는 행복

내가 좋아하는 일을 한다는 것

안정되지 못한 가정에서 어린 시절을 보냈다. 불안과 긴장 속에서 나 자신을 지키기 위해 스스로의 힘으로 개척해 나가야만 했고, 어서 빨리 어른이 되어 안정된 직장을 얻어야지라는 생각뿐이었다.

그때의 나는 마치 너른 들판의 잡초 같아서 온실 속 화초와 같은 친구들이 마냥 부러웠다. 난 지독하리만큼 열심히 공부하여 누구나 부러워하는 좋은 직장을 얻었고 그러다 우연히 우리 집 인테리어 공사를 하게 되었다. 공사비가 부족해 2년을 독학으로 인테리어 공부를 한 뒤, 직영공사를 하였고 낡은 공간을 새로 만들며 큰 기쁨과 행복을 느꼈다. 이후 깊이 몰입하고 공부하며 디자인 감각과 시공의 역량을 탄탄히 쌓으며 자연스레 안정된 직장을 그만두고 새 일을 시작하게 되었다.

그릿의 힘으로 매일 성장하는 삶

나의 작은 집

오아시스
2020. 4. 27. 1:01

꿈에 그리던 나의 보금자리.
수십번 아니, 수백번을 상상하고 꿈꾸던 집이다.
한 푼이라도 아껴보려고 시작했던 셀프인테리어.
작은집으로 불리우는 평형이지만 내게 그리 작지만은 않다.

이사하고 벌써 두어달이 지났네.
꿈에 그리던 공간인 만큼, 하루하루 감사하다.

처음 시작은 네이버 블로그.

아무것도 없는 맨바닥에서 모든 것을 시작해야만 했다. 디지털 기기와 트렌드 변화에 관심이 없고 종이와 연필을 좋아하는 아날로그 성향의 나에게, 블로그에 글과 사진을 기록하는 건 낯설고 어려운 일이었다. 하지만 오랜 시간 공부한 인테리어 디테일이 우리 집에 발현되어 공간이 아름다워지는 모습을 보니 그 과정을 기록으로 남기고 싶었다. 사진과 글을 함께 넣기에 네이버 블로그는 딱 좋았고, 2020년 4월 27일 첫 게시글을 시작으로 멈추지 않고 꾸준히 기록하며 24년 6월 현재 인스타그램 8.6만의 인플루언서가 되었다. 기존의 직장을 마무리하고, 현장 일을 공부하며 그 과정을 기록하고 소통하는 일련의 순간마다 쉬운 일은 하나도 없었다. 용기를 내어 도전하고 긍정과 열정을 갖고 일해야지 싶었다. 100일간 100권의 책을 읽으며 포기하지 않고 버텨야지라는 생각뿐이었다.

끈기의 힘은 어느새 내가 가진 재능을 뛰어넘어 나를 반짝반짝 빛나게 해 주었다. 2년 8개월을 준비하여 책을 출간해 베스트셀러 작가가 되었고, 내게 집 공사를 맡기는 게 인생의 꿈이라는 사람이 생겼다. 그릿의 힘으로 나는 분명 전보다 나은 사람이 되었다.

♧

나와 아주 특별한 인연이 그녀.

그녀와 함께 일을 해 본 사람이라면 그녀가 성공하는 것은 아주 당연한 일이라는 걸 모두가 인정할 것이다.

한순간도 허투루 쓰지 않는 그녀. 그녀는 말과 행동이 같은 사람이다. 그리고 자신이 한 것을 낮추어 이야기하지만 부풀리지는 않는 사람이다.

함께 일하는 시간동안 나는 참 많은 것을 배웠다. 조화롭고 완벽한 디테일을 위해 수많은 시간과 에너지를 들이고, 간결함을 위해 수많은 복잡함을 꿋꿋이 풀어나가는 모습은 존경스러웠다.

그렇게 일하는 친구가 책을 내고 많은 사람들에게 사랑받고 알려지고 있음에, 그녀의 빛을 이제서야 알아주는 세상이 고맙고, 앞으로 더 많이 알아줬으면 하는 바람이다.

주체적으로 자신의 행복과 성공을 만들어 가고 있는 그녀가 너무 멋지다. 자신이 얼마나 멋진 사람인지, 그녀 자신이 좀 더 알았으면 하고, 동시에 휴식이라는 행복도 알아 가길 바란다.

남편과 여행하며 새로운 장소에서
새로운 문화를 접할 때의 행복

여행에서 새로움을 만날 때 행복

남편과 여행했던 순간들이 가장 행복했다. 낯선 장소, 나라에서 새로운 문화를 접했을 때 행복했다.

여행을 좋아하는 내가 20년간 여행업을 하면서 항상 새로운 곳에서의 프로그램을 만들어야 했기 때문에, 남들이 가 보지 않은 곳을 가며 새로운 것을 개척해 나가는 노력을 해 왔다.

원하는 것을 하면 느껴지는 본질적 행복

명상을 20년째 하고 있는데 모든 마음을 비우려고 한다.
행복에 조건을 갖고 '~하면, ~을 갖게 되면 행복할 것이다.'라는 식의 생각은 하지 않으려고 한다.

지금의 순간에 내 마음이 행복하면 어딜 가든 상관없이 좋고 행복하다. 이 순간을 깨어서 살려고 노력하고 있다. 본질적인 행복은 내가 원하는 것을 할 때 행복하다.

♣

동에 번쩍 서에 번쩍하는 그녀는 한계란 애초에 없는 사람처럼 보였다. 새로운 곳에서 자신만의 길을 개척하며 행복했던 분이라서인지, 생각하는 것과 말하는 것에 거침이 없었다. 잔다르크, 그녀를 보면 떠오르는 이미지였다.

다른 나라를 다니며 여행의 즐거움을 많은 분들과 나누던 것에서 발전해서, 그녀는 끊임없이 새로운 것을 배우고 있다. 전 세계의 멘토들에게 지식과 경험을 배우고, 단순히 멘토들을 쫓고 따라다니는 것이 아닌, 함께하며 파트너 혹은 친구가 되고 있는 그녀를 멘토로 삼고 있는 사람들이 많다.

자신이 배운 것을 주변에 계속 나누는 그녀의 커다란 모습에, 나 역시 나눔의 행복을 그녀로부터 배우고 나누고 있다.

에필로그

　나를 포함한 51명의 행복에 대한 이야기를 정리하며 나의 행복 팔레트는 더 많은 색들로 채워졌다. 이런 행복의 색이 있는지조차 몰랐던 적도 있고, 내가 예전부터 좋아하는 행복의 색도 있었다. 분명한 건 예전보다 느끼는 행복의 경우가 늘어난 것이다.

　그들의 행복 이야기를 통해 독자 여러분이 나만의 행복한 순간을 떠올릴 수 있다면 좋겠다. 행복은 멀리 있는 것이 아니라, 공기처럼 항상 우리 주위에 함께했고, 몸안에 흐르고 있었다는 걸 책을 읽는 분들도 느끼면 좋겠다.

　우리는 이미 행복 안에 살고 있다. 그걸 알아차리기만 하면 되는 거였다.

　다음 질문에 답하는 순간 당신의 새로운 행복이 시작되길 바라며, 새로운 인터뷰를 시작하려고 한다. 52번째의 행복이야기는 이제 당신의 이야기로 채워질 것이다.

당신에게 던지는 행복에 관한 3가지 질문

인터뷰이 : _____

1) 인생에서 가장 먼저 떠오르는 행복했던 순간이 언제인지, 구체적으
로 알려 주세요. 왜 그 순간이 행복했는지도요.
혹시 행복했던 순간의 사진이 있다면, 이곳에 붙여 보세요.

_____

_____

_____

2) 그 행복한 순간을 맞이하기 위해서 하셨던 노력이 있을까요?

_____

_____

_____

3) 현재는 어떤 행복을 원하고 추구하시나요?

_____

_____

_____

감사의 말

이 책은 저 혼자만의 책이 아니라 50명의 인터뷰이와 함께 만든 책입니다. 흔쾌히 인터뷰에 응해 주신 50분께 감사의 인사를 드립니다. 또 안타깝게 책에 실리지 못했지만 자신의 이야기를 전해 주신 분들께도 감사와 송구한 마음을 함께 보냅니다. 인터뷰이의 다양한 행복 스토리 덕분에 많이 행복했습니다. 여러분의 스토리가 저의 인생에 기억해야 할 중요한 기준들을 만들어 주셨습니다.

언제나 든든하게 나와 아이들을 지켜주는 남편, 나의 영감과 행복의 근원인 연우, 정우. 나의 활동에 무한한 응원을 보내주시는 양가 부모님과 가족들에게도 사랑을 보냅니다.

계속 나아갈 수 있게 도와주신 이동진 코치님, 함께 서로의 성장을 응원하는 도전자 여러분께도 깊은 감사를 드립니다.

이 책을 만드는데 도움을 주신 모든 분에게 감사를 드립니다.

당신이 행복하면
온 우주가 행복해져요.

당신의 행복이 궁금해요

© 이현주, 2024

초판 1쇄 발행 2024년 8월 15일

지은이   이현주
펴낸이   이기봉
편집   좋은땅 편집팀
펴낸곳   도서출판 좋은땅
주소   서울특별시 마포구 양화로12길 26 지월드빌딩 (서교동 395-7)
전화   02)374-8616~7
팩스   02)374-8614
이메일   gworldbook@naver.com
홈페이지 www.g-world.co.kr

ISBN   979-11-388-3390-5 (03810)